हिन्द पॉकेट बुक्स

हमारे राष्ट्रपिता
महात्मा गांधी

महात्मा गांधी हमारे राष्ट्रपिता हैं। इनका पूरा नाम मोहनदास करमचंद गांधी है। लोगों का सामाजिक उत्थान और भारत को आजाद कराने के लिए इन्होंने सत्य और अहिंसा का अनुसरण किया और अपने सिद्धांत के बल पर ही देश को अंग्रेजों से आजाद कराया। यही कारण है कि अपने अहिंसक विरोध के सिद्धांत के लिए उन्हें अंतर्राष्ट्रीय ख्याति प्राप्त हुई। साबरमती आश्रम से उनका अटूट रिश्ता था। इस आश्रम से महात्मा गांधी आजीवन जुड़े रहे, इसीलिए उन्हें 'साबरमती का संत' की उपाधि भी मिली।

यह पुस्तक इन्हीं साबरमती के संत की सरल भाषा में आकर्षक चित्रों से सजी सुंदर जीवनी है, ताकि इसे पढ़कर बच्चे उनके जीवन से प्रेरणा लें और उनके जैसा महान बनने का प्रयास करें। इस पुस्तक के अंत में आपकी परीक्षा के लिए एक प्रश्नोत्तरी भी है, इसे हल कीजिए और अपने ज्ञान की परीक्षा आप स्वयं कीजिए।

लेखिका की अन्य पुस्तकें

1. महान दार्शनिक डॉ. सर्वेपल्लि राधाकृष्णन्
2. महान स्वतंत्रता सेनानी लाला लाजपत राय
3. महान राष्ट्र निर्माता सरदार बल्लभभाई पटेल
4. राष्ट्रपितामह स्वामी दयानंद सरस्वती
5. महान धरती पुत्र लाल बहादुर शास्त्री

सुरुचिपूर्ण एवं प्रेरणादायक सचित्र जीवनी

हमारे राष्ट्रपिता

महात्मा गांधी

मधु धामा

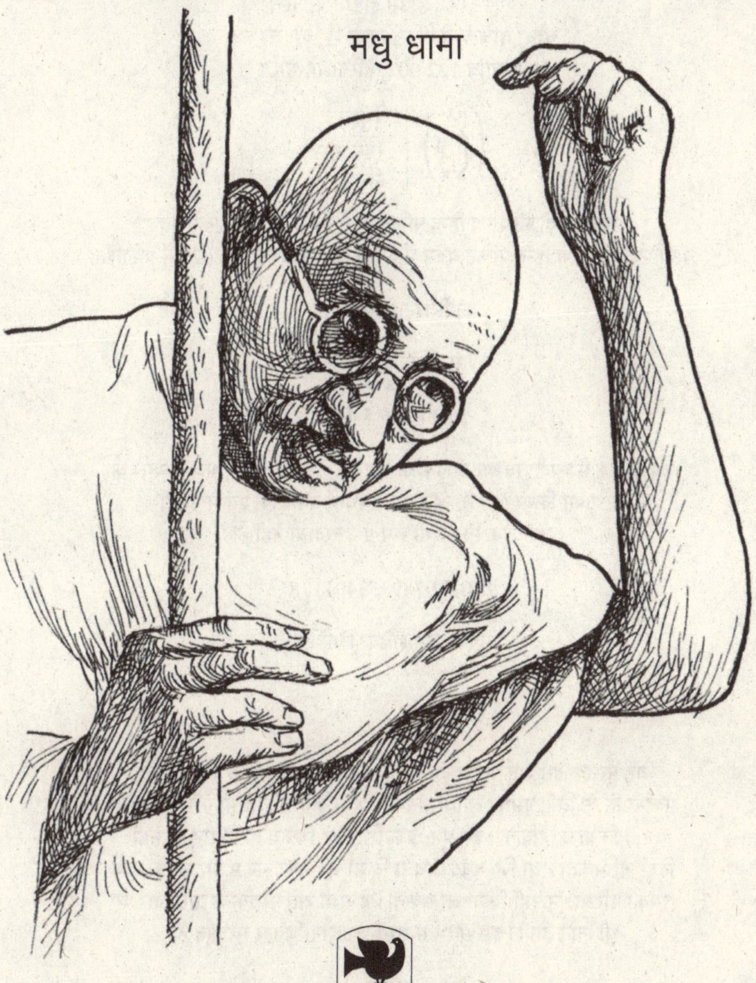

हिन्द पॉकेट बुक्स
पेंगुइन रैंडम हाउस इम्प्रिंट

हिन्द पॉकेट बुक्स

यूएसए | कनाडा | यूके | आयरलैंड | ऑस्ट्रेलिया | सिंगापुर
न्यू ज़ीलैंड | भारत | दक्षिण अफ्रीका | चीन

हिन्द पॉकेट बुक्स, पेंगुइन रैंडम हाउस ग्रुप ऑफ़ कम्पनीज़ का हिस्सा है,
जिसका पता global.penguinrandomhouse.com पर मिलेगा

पेंगुइन रैंडम हाउस इंडिया प्रा. लि.,
चौथी मंजिल, कैपिटल टावर -1, एम जी रोड,
गुड़गांव 122 002, हरियाणा, भारत

पेंगुइन
रैंडम हाउस
इंडिया

प्रथम हिन्दी संस्करण हिन्द पॉकेट बुक्स द्वारा 2014 में प्रकाशित
यह हिन्दी संस्करण हिन्द पॉकेट बुक्स में पेंगुइन रैंडम हाउस द्वारा 2021 में प्रकाशित

10 9 8 7 6 5 4 3 2

इस पुस्तक में व्यक्त विचार लेखक के अपने हैं, जिनका यथासंभव तथ्यात्मक सत्यापन किया गया है, और इस संबंध में प्रकाशक एवं सहयोगी प्रकाशक किसी भी रूप में उत्तरदायी नहीं हैं।

ISBN 9789353491178

मुद्रकः रेप्रो इंडिया लिमिटेड

www.penguin.co.in

FSC www.fsc.org MIX Paper from responsible sources FSC® C047271

This is a legitimate digitally printed version of the book and therefore might not have certain extra finishing on the cover.

क्रम

जन्म और प्रेरक बचपन

कहते हैं कि पूत के पाँव पालने में ही दिखाई दे जाते हैं। बचपन में ही किसी भी बालक की आदतों को देखकर पता चल जाता है कि बड़ा होकर वह क्या बनेगा? चलिए तो बच्चो, हम एक महापुरुष गांधी जी के बचपन की घटना को लेकर उनकी जीवनगाथा की शुरुआत करते हैं।

शिक्षा-विभाग के इन्स्पेक्टर जाइल्स विद्यालय का निरीक्षण करने आए थे। उन्होंने पहली कक्षा के विद्यार्थियों को अंग्रेजी के पाँच शब्द लिखाए। उनमें एक शब्द 'केटल' था। एक बालक ने उसके हिज्जे गलत लिखे थे। शिक्षक ने अपने बूट की नोंक मारकर उसे सावधान किया। लेकिन वह बालक क्यों सावधान होने लगा? उसे यह ख्याल ही नहीं हो सका कि शिक्षक उसे पास वाले लड़के की पट्टी देखकर हिज्जे सुधार लेने का इशारा कर रहे हैं। बल्कि उसे लगा कि शिक्षक तो यह देख रहे हैं कि हम एक-दूसरे की पट्टी में देखकर चोरी न करें। सब लड़कों के पाँचों शब्द सही निकले और अकेला वह बालक ही बेवकूफ ठहरा।

शिक्षक ने उसे उसकी बेवकूफी बाद में समझाई, "तुमने नकल क्यों नहीं की?"

"मैं सत्य में विश्वास रखता हूँ, जितना मुझे आता है उतना ही

लिखा है और अधिक लिखने के लिए अब आगे से अधिक पढ़ाई करूंगा।"

इस प्रकार अध्यापक के उकसाने पर भी वह दूसरे लड़कों की पट्टी में देखकर चोरी करना कभी सीख न सका। यह बालक थे मोहनदास करमचंद गांधी, जो बाद में देश के राष्ट्रपिता बने।

महात्मा गांधी का जन्म 2 अक्टूबर 1869 ई. को गुजरात के पोरबंदर नामक स्थान पर हुआ था। उनके माता-पिता धर्मनिष्ठ हिन्दू थे। इनके पिता का नाम करमचंद गांधी था। मोहनदास की माता का नाम पुतलीबाई था, जो करमचंद गांधी जी की चौथी

पत्नी थीं। मोहनदास अपने पिता की चौथी पत्नी की अन्तिम संतान थे। उनके पिता करमचंद (कबा गांधी) पहले ब्रिटिश शासन के तहत पश्चिमी भारत के गुजरात राज्य में एक छोटी-सी रियासत की राजधानी पोरबंदर के दीवान थे और बाद में क्रमशः राजकोट (काठियावाड़) और वांकानेर में दीवान रहे। करमचंद गांधी ने बहुत अधिक औपचारिक शिक्षा तो प्राप्त नहीं की थी, लेकिन वह एक कुशल प्रशासक थे और उन्हें सनकी राजकुमारों, उनकी दुःखी प्रजा तथा सत्तासीन कट्टर ब्रिटिश राजनीतिक अधिकारियों के बीच अपना रास्ता निकालना आता था।

महात्मा गांधी ने अपने बचपन की एक घटना को बड़े ही सजीव ढंग से लिखा है, तो चलिए पढ़ें बापू जी का बचपन उनके ही शब्दों में –

"मेरे एक रिश्तेदार के साथ मुझे बीड़ी-सिगरेट पीने का चस्का लगा। हमारे पास पैसे तो होते नहीं थे। हम दोनों में से किसी को यह पता नहीं था कि सिगरेट पीने से कोई फायदा होता है या उसकी गंध में कोई आनंद होता है। लेकिन हमें लगा कि सिगरेट का धुआँ उड़ाने में ही असली आनंद है। इसलिए चाचा सिगरेट पीने के बाद जो ठूंठ फेंक देते, हमने उन्हें ही चुरा कर पीना शुरू कर दिया।

"लेकिन सिगरेट के ये ठूंठ हर समय तो मिल नहीं सकते थे और इनमें से धुआँ भी बहुत नहीं निकलता था। इसलिए नौकर की जेब में पड़े पैसों में से एकाध पैसा चुराने की आदत डाली और इन पैसों से हम बीड़ी खरीदने लगे। लेकिन अब सवाल पैदा हुआ कि उसे संभाल कर रखें कहां? हम जानते थे कि बुजुर्गों की निगाह के सामने तो हम बीड़ी-सिगरेट पी ही नहीं सकते। जैसे-तैसे दो चार

पैसे चुरा कर कुछ हफ्ते काम चलाया। इस बीच पता चला कि एक तरह का पौधा होता है (उसका नाम तो मैं भूल ही गया हूँ) जिसके डंठल सिगरेट की तरह जलते हैं और फूंके जा सकते हैं। हमने ऐसे डंठल खोजे और उन्हें सिगरेट की तरह फूंकने लगे। लेकिन इससे हमें संतोष न हुआ। अपनी पराधीनता हमें अखरने लगी। हमें दुःख इस बात का था कि बड़ों की आज्ञा के बिना हम कुछ भी नहीं कर सकते थे। हम ऊब गये और हमने आत्महत्या करने का फैसला कर डाला!

"पर आत्महत्या कैसे करें? जहर कौन देगा? हमने सुना कि धतूरे के बीज खाने से मृत्यु हो जाती है। हम जंगल में जाकर धतूरे के बीज ले आये। शाम का समय तय किया। केदारनाथ जी के मंदिर में दीप माला में घी चढ़ाया, भगवान के दर्शन किये और सुनसान जगह की तलाश की। लेकिन जहर खाने की हिम्मत न हो सकी। अगर तुरंत मृत्यु न हुई तो क्या होगा? मरने से लाभ क्या? क्यों न पराधीनता ही सह ली जाये? फिर भी दो-चार बीज खाये। अधिक बीज खाने की हिम्मत ही न हुई। हम दोनों ही मौत से डरे और तय किया कि राम जी के मंदिर में दर्शन करके शांत हो जायें और आत्महत्या करने की बात भूल जायें।

"मैं इस बात को समझ गया कि मन में आत्महत्या का विचार लाना कितना आसान है और सचमुच आत्महत्या करना कितना मुश्किल। इसलिए जब कोई आत्महत्या करने की धमकी देता है तो मुझ पर उसका बहुत कम असर होता है या यह भी कहा जा सकता है कि बिलकुल भी नहीं होता। आत्महत्या के इस विचार का नतीजा ये हुआ कि हम दोनों की सिगरेट चुरा कर पीने की

और नौकरों की जेब से पैसे चुरा कर सिगरेट फूंकने की आदत जाती रही। बड़े होकर सिगरेट पीने की कभी इच्छा ही नहीं हुई। मैं हमेशा यही मान कर चलता रहा कि सिगरेट पीने की आदत जंगली, गंदी और नुकसानदायक है। मैं आज तक इस बात को समझ नहीं सका हूँ कि पूरी दुनिया में सिगरेट-बीड़ी पीने या धूम्रपान करने का इतना शौक क्यों है? रेलगाड़ी के जिस डिब्बे में सिगरेट पी जाती है, उसमें बैठना मेरे लिए कठिन हो जाता है और धुएं से मेरा दम घुटने लगता है।

"सिगरेट के ठूंठ चुराने और इस सिलसिले में नौकर की जेब

से पैसे चुराने का दोषी तो मैं हूँ ही, एक और चोरी का जो दोष मुझसे हुआ, मैं उसे ज्यादा गम्भीर मानता हूँ। सिगरेट पीने के दोष के समय मेरी उम्र बारह या तेरह बरस की रही होगी। शायद इससे भी कम हो। दूसरी चोरी के समय मेरी उम्र पंद्रह बरस के आसपास थी। यह चोरी मेरे मांसाहारी भाई के सोने के कड़े के एक टुकड़े की थी। उन पर मामूली-सा, लगभग पच्चीस रुपये का कर्ज हो गया था। हम दोनों भाई इस बात को लेकर परेशान थे कि ये कर्ज कैसे चुकाया जाये। मेरे भाई के हाथ में खरे सोने का कड़ा था। उसमें से एक तोला सोना काट लेना मुश्किल न था। कड़ा काटा और कर्ज चुकाया गया। लेकिन मेरे लिए यह बात सहन करना आसान न था। मैंने तय किया कि आगे से कभी चोरी नहीं करूंगा। मुझे ऐसा भी लगा कि पिताजी के सामने जाकर अपना गुनाह भी कबूल कर लेना चाहिये। लेकिन जुबान ही न खुले। इस बात का डर तो था ही नहीं कि पिताजी पीटेंगे। इस बात की कोई याद नहीं थी कि कभी उन्होंने किसी भाई को पीटा-वीटा हो। लेकिन खुद तो दुःखी होंगे ही ना! शायद सिर फोड़ लें! मैंने यह सोचा कि यह जोखिम उठाते हुए भी अपने दोष को कबूल करना ही होगा। इसके बिना शुद्धि नहीं होगी।

"आखिर मैंने तय किया कि एक पत्र लिख कर अपना दोष स्वीकार कर लिया जाये और माफी मांग ली जाये। मैंने पत्र लिख कर उन्हें हाथों-हाथ थमा दिया। पत्र में मैंने सब दोष स्वीकार किये और सजा मांगी। आग्रहपूर्वक यह विनती भी की कि वे अपने आपको दुःख में न डालें और भविष्य में ऐसा अपराध फिर न करने की प्रतिज्ञा की। मैंने कांपते हाथों से पत्र पिताजी के हाथ में थमाया।

मैं उनके तख्त के सामने बैठ गया। उन दिनों वे भगंदर के रोग से पीड़ित थे। इस कारण बिस्तर पर ही पड़े रहते थे। खटिया के बदले तख्त से काम लेते थे।"

उन्होंने पत्र पढ़ा। उनकी आंखों से मोती टपकने लगे। पत्र भीग गया। उन्होंने पल भर के लिए आंखें मूंदी, पत्र फाड़ डाला। पत्र पढ़ने के लिए वे उठे थे, लेकिन वापस लेट गये।

"मैं भी रोया। पिताजी का दुःख समझ में आ गया। यदि मैं चित्रकार होता तो उस पल का सम्पूर्ण चित्र बना सकता था। वह दृश्य आज भी मेरी आंखों के सामने जस का तस झिलमिला रहा है। आंसू की बूंदों के उस प्रेम बाण ने मुझे बेध डाला। मैं शुद्ध हो गया। इस प्रेम को तो वही जान सकता है जिसे इसका अनुभव हुआ हो।

राम की भक्ति का बाण जिसे लगा हो, वही जान सकता है। मेरे लिए ये अहिंसा का साक्षात पाठ था। उस समय तो मैंने इसमें पिता के प्रेम के अतिरिक्त कुछ न देखा। परंतु आज मैं इसे शुद्ध अहिंसा के नाम से पहचान सकता हूँ। ऐसी अहिंसा जब विराट रूप धारण कर लेती है तो उसके स्पर्श से कौन बच सकता है। ऐसी विराट अहिंसा की थाह लेना असंभव है।

"ऐसी शांत क्षमा पिता के स्वभाव के प्रतिकूल थी। मैं तो ये मान कर चल रहा था कि वे गुस्सा होंगे, कड़वे बोल बोलेंगे, शायद सिर भी फोड़ें, लेकिन उन्होंने जिस तरह से अपार शांति धारण की, मेरे विचार से उसके पीछे अपराध की सरल स्वीकृति थी। जो व्यक्ति अधिकारी के सामने स्वेच्छा से और निष्कपट भाव से अपने दोष को स्वीकार कर लेता है और फिर कभी वैसा अपराध न करने की

प्रतिज्ञा करता है तो वह शुद्धतम प्रायश्चित करता है। मैं जानता हूँ कि इस स्वीकृति से पिताजी मेरे बारे में निर्भय बने और मेरे प्रति उनका असीम प्रेम और भी बढ़ गया।

मातृ-पितृ भक्त बालक

मोहनदास की माँ पुतलीबाई अत्यधिक धार्मिक थीं और भोग-विलास में उनकी ज्यादा रुचि नहीं थी। उनकी दिनचर्या घर और मन्दिर में बंटी हुई थी। वह नियमित रूप से उपवास रखती थीं और परिवार में किसी के बीमार पड़ने पर उसकी सेवा सुश्रुषा में दिन-रात एक कर देती थीं।

मोहनदास का लालन-पालन वैष्णव मत में रमे परिवार में हुआ और उन पर कठिन नीतियों वाले भारतीय जैन धर्म का गहरा प्रभाव पड़ा। जिसके मुख्य सिद्धांत अहिंसा एवं विश्व की सभी वस्तुओं को शाश्वत मानना है। इस प्रकार, उन्होंने स्वाभाविक रूप से अहिंसा, शाकाहार, आत्मशुद्धि के लिए उपवास और विभिन्न पंथों को मानने वालों के बीच परस्पर सहिष्णुता को अपनाया।

उस समय सड़कों पर 'बाइस्कोप' वाले फिरा करते थे। यह एक लकड़ी का बक्सा होता था, उस बक्से में आगे चार गोल शीशे लगे होते थे। चार बच्चे उसमें तमाशा देखते थे। उसमें गांधी जी ने श्रवण कुमार को तस्वीरों के माध्यम से देखा कि श्रवण कुमार अपने माता-पिता को कांवड़ में बैठाकर तीर्थ घुमा रहे हैं। अन्धे माता-पिता का श्रवण के मरने पर विलाप करना गांधी जी ने याद कर लिया था।

उस समय सिनेमा घर तो होते नहीं थे। नाटक कंपनियाँ घूमती फिरती थीं। एक नाटक कंपनी आई और सौभाग्य से गांधी जी को नाटक देखने का अवसर मिला। यहां उन्होंने सत्यवादी हरिश्चन्द्र नाटक देखा कि राजा होते हुए भी उन्होंने बहुत दुःख झेले। श्रवण कुमार और सत्यवादी हरिश्चन्द्र का गांधी जी के मन पर बहुत गहरा प्रभाव पड़ा।

वे जब चौथी कक्षा में थे, तब उन्हें स्कूल की ओर से 10 रुपए का वजीफा भी मिलता था।

गांधी को सत्यवादी हरिश्चन्द्र का दान में सारा राज्य देना और दर-दर भटकना व श्मशान में नौकरी कर अपने ही बेटे की अन्त्येष्टि के लिए कर वसूलना ये ऐसी घटनाएं थीं, जिनकी छाप

गांधी जी के मन पर अंकित हो गई थीं। इन चरित्रों को उन्होंने अपने मन में नाटक के रूप में अनेक बार देखा। सत्य का अनमोल रत्न गांधी के चरित्र का अंग बन गया।

सत्य हरिश्चंद्र का जीवन देखकर उनके मन में सत्य के प्रति निष्ठा हो गई और उन्होंने जीवन में कभी झूठ न बोलने की प्रतिज्ञा की और अपनी प्रतिज्ञा को जीवनभर निभाया भी। इसी प्रकार मातृ-पितृभक्त श्रवण कुमार के जीवन से परिचित होकर वे अपने माता-पिता में ईश्वर के दर्शन करने लगे थे।

मोहनदास एक औसत विद्यार्थी थे, हालाँकि उन्होंने यदा-कदा पुरस्कार और छात्रवृत्तियाँ भी जीतीं। एक सत्रांत-परीक्षा के परिणाम में अंग्रेजी में अच्छा, अंकगणित में ठीक-ठाक, भूगोल में खराब, चाल-चलन बहुत अच्छा, लिखावट में खराब की टिप्पणी की गई थी। वह पढ़ाई व खेल, दोनों में ही प्रखर नहीं थे। बीमार पिता की सेवा करना, घरेलू कामों में माँ का हाथ बंटाना और समय मिलने पर दूर तक अकेले सैर पर निकलना, उन्हें पसंद था। उन्हीं के शब्दों में उन्होंने 'बड़ों की आज्ञा का पालन करना सीखा, उनमें मीन-मेख निकालना नहीं।'

वह किशोरावस्था के विद्रोही दौर से भी गुजरे, जिसमें गुप्त नास्तिकवाद, छोटी-मोटी चोरियाँ, छिपकर धूम्रपान और वैष्णव परिवार में जन्मे किसी लड़के के लिए सबसे ज्यादा चौंकाने वाली बात – माँस खाना शामिल था। उनकी किशोरावस्था उनकी आयु और वर्ग के अधिकांश बच्चों से अधिक हलचल भरी नहीं थी। उनकी युवावस्था की नादानियों का अन्तिम बिन्दु असाधारण था। हर ऐसी नादानी के बाद वह स्वयं वादा करते कि फिर कभी ऐसा नहीं करूँगा और

अपने वादे पर अटल रहते। उनमें आत्मसुधार की लौ जलती रहती थी, जिसके कारण उन्होंने सच्चाई और बलिदान के प्रतीक प्रह्लाद और हरिश्चंद्र जैसे पौराणिक हिन्दू नायकों को सजीव आदर्श के रूप में ग्रहण किया।

शिक्षा-दीक्षा

रात बहुत काली थी और मोहन डरा हुआ था। हमेशा से ही उसे भूतों से डर लगता था। वह जब भी अँधेरे में अकेला होता तो उसे लगता कि कोई भूत आस-पास है और कभी भी उस पर झपट पड़ेगा आज तो इतना अँधेरा था कि कुछ भी स्पष्ट नहीं दिख रहा था, ऐसे में मोहन को एक कमरे से दूसरे कमरे में जाना था।

वह हिम्मत कर के कमरे से निकला, पर उसका दिल जोर-जोर से धड़कने लगा और चेहरे पर डर के भाव आ गए। घर में काम करने वाली रम्भा वहाँ दरवाजे पर खड़ी यह सब देख रही थी।

"क्या हुआ बेटा?", उसने हँसते हुए पूछा।

"मुझे डर लग रहा है दाई," मोहनदास ने उत्तर दिया।

"डर, बेटा किस चीज का डर?"

"देखिये कितना अँधेरा है! मुझे भूतों से डर लग रहा है!" मोहन सहमते हुए बोला।

रम्भा ने प्यार से मोहन का सर सहलाते हुए कहा, "जो कोई भी अँधेरे से डरता है, वो राम जी के बारे में सोचे तो कोई भूत निकट आने की हिम्मत नहीं करेगा। कोई तुम्हारे सर का बाल तक नहीं छू पायेगा। राम जी तुम्हारी रक्षा करेंगे।"

रम्भा के शब्दों ने मोहन को हिम्मत दी। राम का नाम लेते हुए

वो कमरे से निकला और उस दिन से मोहन ने कभी खुद को अकेला नहीं समझा और भयभीत नहीं हुआ। उसका विश्वास था कि जब तक राम उसके साथ हैं, उसे डरने की कोई जरूरत नहीं।

इस विश्वास ने गांधी जी को जीवन भर शक्ति दी और मरते वक्त भी उनके मुख से राम नाम ही निकला। मोहनदास को स्कूली शिक्षा के साथ-साथ अपनी माँ से संस्कारपूर्ण नैतिक शिक्षा भी मिली थी। नैतिक शिक्षा ने ही उनका जीवन बदल दिया और यही कारण है कि वे आगे चलकर राष्ट्रनायक बने।

1887 में मोहनदास ने बंबई यूनिवर्सिटी से मैट्रिक की परीक्षा पास की और भावनगर स्थित सामलदास कॉलेज में दाखिला लिया। अचानक गुजराती से अंग्रेजी भाषा में जाने से उन्हें व्याख्यानों को समझने में कुछ दिक्कत होने लगी। इस बीच उनके परिवार में उनके भविष्य को लेकर चर्चा चल रही थी। अगर निर्णय उन पर छोड़ा जाता, तो वह डॉक्टर बनना चाहते थे। लेकिन वैष्णव परिवार में चीरफाड़ के खिलाफ पूर्वाग्रह के अलावा यह भी स्पष्ट था कि यदि उन्हें गुजरात के किसी राजघराने में उच्च पद प्राप्त करने की पारिवारिक परम्परा निभानी है, तो उन्हें बैरिस्टर बनना पड़ेगा। इसका अर्थ था इंग्लैंड यात्रा और गांधी ने, जिनका सामलदास कॉलेज में खास मन नहीं लग रहा था, इस प्रस्ताव को सहर्ष ही स्वीकार कर लिया। उनके युवा मन में इंग्लैंड की छवि दार्शनिकों और कवियों की भूमि, सम्पूर्ण सभ्यता के रूप में थी। मोहनदास की सबसे बड़ी विशेषता यह रही कि उन्होंने जब भी विदेशों में शिक्षा ग्रहण की तो वे विदेशी रंग में नहीं रंगे। भारतीय संस्कृति और सभ्यता का अनुकरण उन्होंने विदेशी धरती पर भी किया।

घर-गृहस्थी और शाकाहार जीवन

मोहनदास करमचंद जब केवल तेरह वर्ष के थे और स्कूल में पढ़ते थे, पोरबंदर के एक व्यापारी की पुत्री कस्तूरबाई (कस्तूरबा) से उनका विवाह कर दिया गया। वर-वधू की अवस्था लगभग समान थी। दोनों ने 62 वर्ष तक वैवाहिक जीवन बिताया। 1944 ई. में पूना की ब्रिटिश जेल में कस्तूरबा का स्वर्गवास हुआ। गांधी जी अठारह वर्ष की आयु में ही एक पुत्र के पिता हो गए थे। गांधी जी के चार पुत्र हुए जिनके नाम थे : हरिलाल, मनिलाल, रामदास, देवदास। मनिलाल, रामदास और देवदास को अच्छे संस्कार मिले थे और देवदास ने तो मोहनदास के पद चिह्नों का ही अनुकरण किया, लेकिन हरिलाल पर पाश्चात्य सभ्यता हावी हो गई थी और एक बार तो उन्होंने इस्लाम धर्म भी अंगीकार कर लिया था। मोहनदास ने तब भी कुछ नहीं कहा, क्योंकि वे मानते थे कि सभी धर्म उस एक ही परमात्मा की आराधना का मार्ग प्रशस्त करते हैं, लेकिन जब हरिलाल ने पाश्चात्य और कुसंस्कारों का अधिक ही दामन पकड़ा तो मोहनदास ने उन्हें कई पत्र लिखे और पास बैठाकर समझाया भी कि हमारे भारतीय संस्कारों से अच्छा कोई पथ नहीं, लेकिन वे नहीं माने और हमेशा उल्टी दिशा में ही चलते रहे। इसी कारण उनसे मोहनदास बहुत दुखी रहते थे।

मोहनदास भी इंग्लैंड गए, लेकिन उनके अपने संस्कार भारतीय ही बने रहे। उन्होंने अपनी पढ़ाई को गम्भीरता से लिया और लंदन यूनिवर्सिटी की मैट्रिकुलेशन परीक्षा में बैठकर अंग्रेजी तथा लैटिन भाषा को सुधारने का प्रयास किया। राजकोट के अर्द्ध ग्रामीण माहौल से लंदन के महानगरीय जीवन में परिवर्तन उनके लिए आसान नहीं था।

जब वह पश्चिमी खान-पान, तहजीब और पहनावे को अपनाने के लिए जूझते, तो उन्हें अटपटा लगता। उनका शाकाहारी होना उनके लिए लगातार शर्मिंदगी का कारण बन जाता। उनके मित्रों ने उन्हें चेतावनी दी कि इसका दुष्प्रभाव उनके अध्ययन और स्वास्थ्य, दोनों पर पड़ेगा। सौभाग्यवश उन्हें एक शाकाहारी रेस्तरां के साथ-साथ एक पुस्तक मिल गई, जिसमें शाकाहार के पक्ष में तर्क दिए गए थे। वह लंदन वेजीटेरियन सोसाइटी के कार्यकारी सदस्य भी बन गए और उसके सम्मेलनों में भाग लेने लगे तथा उसकी पत्रिका में भी लिखने लगे। यहाँ तीन वर्षों (1888-91) तक रहकर उन्होंने बैरिस्टरी पास की।

इंग्लैंड के शाकाहारी रेस्तरां और आवास-गृहों में गांधी की मुलाकात न सिर्फ भोजन के मामले में कट्टर लोगों से हुई, बल्कि उन्हें कुछ गम्भीर स्त्री-पुरुष भी मिले, जिन्होंने उन्हें बाइबिल और भगवद्गीता से परिचय कराया। भगवद्गीता को उन्होंने सबसे पहले सर एडविन आर्नोल्ड के अंग्रेजी अनुवाद में पढ़ा। परिचित शाकाहारी अंग्रेजों में एडवर्ड कारपेंटर जैसे समाजवादी और मानवतावादी थे, जो कि ब्रिटिश थोरो कहलाते थे। उनके संपर्क में जॉर्ज बर्नाड शॉ जैसे फेबियन और एनी बेसेंट सरीखी धर्मशास्त्री शामिल थीं। उनमें से अधिकांश आदर्शवादी थे।

कुछ विद्रोही तेवर के भी थे। जो उत्तरवर्ती विक्टोरियाई व्यवस्था के तत्कालीन मूल्यों को नहीं जानते थे। वे सादा जीवन के मुकाबले सहयोग को अधिक महत्त्व देते थे। इन विचारों ने गांधी के व्यक्तित्व और बाद में उनकी राजनीति को आकार देने में महत्त्वपूर्ण भूमिका निभाई।

वकालत के पथ पर

10 जून, 1891 को गांधी जी बैरिस्टर बन गए और 12 जून को भारत के लिए चल दिए। रास्ते में तूफान का सामना भी किया और जहाज हिचकोले खाता हुआ बम्बई बन्दरगाह पर पहुँचा। यहाँ गांधी जी के बड़े भाई ने स्वागत किया। घर पहुँचने पर गांधी जी को एक दुःखद समाचार मिला माता जी के स्वर्गवास का। यह समाचार विलायत में गांधी जी को नहीं दिया गया था, क्योंकि गांधी जी अपनी माता से बहुत प्रेम करते थे। सब को यह डर था कि पढ़ाई अधूरी न रह जाए।

बैरिस्टर बनने के बाद कुछ समय तक गांधी जी राजकोट में ही रहे। कुछ मित्रों ने सलाह दी कि बम्बई जा कर वहां हाईकोर्ट का विशेष अनुभव प्राप्त करें और भारतीय कानून की जानकारी करें और साथ ही वकालत भी करें। यह बात समझ में आई और वे बम्बई चले गए। चार-पांच महीने वहां वे रुके, किन्तु यहां रहकर खर्चा अधिक होने लगा। आय कुछ भी नहीं हो रही थी। अब गांधी को वापस लौटना पड़ा।

यहां आकर एक कार्यालय खोला। यहां वे अर्जियां लिखने लगे। उस से उन्हें एक महीने में लगभग तीन सौ रुपए मिलने लगे। गांधी जी के भाई के एक मित्र थे जिनकी वकालत बहुत अच्छी चलती थी। वे गरीब लोगों को गांधी जी के पास अर्जियां लिखवाने को भेज देते थे। गांधी जी इस सब से संतुष्ट न थे, वे केवल पैसा कमाने के लिए वकालत नहीं करना चाहते थे।

उन्हें यह जानकर बहुत निराशा हुई कि बैरिस्टर की डिग्री से अच्छे पेशेवर जीवन की गारंटी नहीं मिल सकती। वकालत के पेशे

में पहले ही काफी भीड़ हो चुकी थी और गांधी उनमें अपनी जगह बनाने के मामले में बहुत संकोची थे, लेकिन वे कुछ सामाजिक कार्यों में रुचि लेने लगे थे।

बंबई न्यायालय में पहली ही बहस में वह नाकाम रहे। यहाँ तक कि बंबई उच्च न्यायालय में अल्पकालिक शिक्षक के पद के लिए भी उन्हें अस्वीकार कर दिया गया। इसलिए वह राजकोट लौटकर मुकदमा करने वालों के लिए अर्जी लिखने जैसे छोटे कामों के जरिये

रोजी-रोटी कमाने लगे। एक स्थानीय ब्रिटिश अधिकारी को नाराज कर देने के कारण उनका यह काम भी बन्द हो गया। इसलिए उन्होंने दक्षिण अफ्रीका में नडाल स्थित एक भारतीय कम्पनी से एक साल के अनुबंध को स्वीकार करके राहत की साँस ली।

अप्रैल, 1893 में गांधी जी को एक मुकदमा लड़ने दक्षिण अफ्रीका जाना पड़ा। इस समय गांधी जी की उम्र 23 वर्ष हो चुकी थी। अब वे शर्मीले नहीं रहे थे। यहां वे पैसा कमाने और कानून की जानकारी के उद्देश्य से आए थे। अंग्रेजों द्वारा शासित शहर नेटाल पहुँचे। यहां कुछ ही दिन रहने के बाद उन्हें केस के सिलसिले में नेटाल छोड़ कर दक्षिण अफ्रीका के ट्रांसवाल की राजधानी जाना पड़ा। लम्बी यात्रा थी। इस कारण सुविधा के लिए प्रथम श्रेणी का टिकट कराया गया।

जब पीटर मैरिट्स बर्ग स्टेशन से गांधी जी चले तब उन्होंने कोच में सोने के लिए भी टिकट नहीं लिया था। वे चाहते थे कि परदेश में कुछ पैसे बचाए जाएं। अब्दुल्ला सेठ ने कहा भी, लेकिन गांधीजी ने इंकार कर दिया।

इस बीच एक यात्री आया उसने घूर कर गांधी जी की ओर देखा। वह आदमी नीचे गया और एक-दो कर्मचारियों को साथ ले आया, फिर एक अफ़सर आया उसने गांधी जी को "नीचे उतरो दूसरे डिब्बे में जा कर बैठो।" गांधी ने अपना टिकट दिखाया और कहा, "मैं डरबन से इसी डिब्बे में बैठाया गया हूँ और इसी से जाना चाहता हूँ।"

अफ़सर ने कहा, "यह नहीं हो सकता, तुम्हें उतरना ही होगा, नहीं तो सिपाही आकर उतार देगा।"

गांधी जी ने कहा, "तो ठीक है। सिपाही आकर मुझे भले ही उतारे, मैं अपने आप नहीं उतरूँगा।"

सिपाही आया उसने गांधी जी का हाथ पकड़ा और नीचे गिरा दिया। सामान भी नीचे फेंक दिया गया। गांधी जी दूसरे डिब्बे में नहीं गए।

गाड़ी चली गई। गांधी जी प्रतीक्षालय में बैठ गए। सामान को हाथ न लगाया। एक थैला गांधी जी के पास था। इस मौसम में सर्दी बहुत थी, उन्होंने स्टेशन पर ठिठुरते हुए रात बिताई। यात्रा के अगले चरण में उन्हें एक घोड़ागाड़ी के चालक से पिटना पड़ा, क्योंकि यूरोपीय यात्री को जगह देकर पायदान पर यात्रा करने से उन्होंने इन्कार कर दिया था और अन्ततः सिर्फ यूरोपीय लोगों के लिए सुरक्षित होटलों में उनके जाने पर रोक लगा दी गई। सुबह दूसरी गाड़ी पकड़ कर वे अगली शाम को प्रिटोरिया पहुँचे। यहाँ पर कुछ व्यापारी मिलने आए। उन्होंने गांधी जी पर हुए अत्याचारों को सुना।

उन्होंने बताया कि यह तो कुछ भी नहीं। उन व्यापारियों पर तो इससे भी अधिक अन्याय हुए हैं। डरबन न्यायालय में यूरोपीय मजिस्ट्रेट ने उन्हें पगड़ी उतारने के लिए कहा, उन्होंने इन्कार कर दिया और न्यायालय से बाहर चले गए।

नेटाल में भारतीय व्यापारियों और श्रमिकों के लिए ये अपमान दैनिक जीवन का हिस्सा था। जो नया था, वह गांधी का अनुभव न होकर उनकी प्रतिक्रिया थी। अब तक वह हठधर्मिता और उग्रता के पक्ष में नहीं थे, लेकिन जब उन्हें अनपेक्षित अपमानों से गुजरना पड़ा, तो उनमें कुछ बदलाव आया। बाद में देखने पर उन्हें लगा कि

डरबन से प्रिटोरिया तक की यात्रा उनके जीवन के महानतम रचनात्मक अनुभवों में से एक थी। यह उनके 'सत्य का क्षण' था।

गांधी मनमुटाव पालने वाले व्यक्ति नहीं थे। 1899 में दक्षिण अफ्रीका (बोअर) युद्ध छिड़ने पर उन्होंने नेटाल के ब्रिटिश उपनिवेश में नागरिकता के सम्पूर्ण अधिकारों का दावा करने वाले भारतीयों से कहा कि उपनिवेश की रक्षा करना उनका कर्तव्य है। उन्होंने 1100 स्वयं सेवकों की एंबुलेन्स कोर की स्थापना की, जिसमें 300 स्वतंत्र भारतीय और बाकी बंधुआ मजदूर थे। यह एक पंचमेल समूह था – बैरिस्टर और लेखाकार, कारीगर और मजदूर। युद्ध की समाप्ति से दक्षिण अफ्रीका के भारतीयों को शायद ही कोई राहत मिली। गांधी ने देखा कि कुछ ईसाई मिशनरियों और युवा आदर्शवादियों के अलावा दक्षिण अफ्रीका में रहने वाले यूरोपियों पर आशानुरूप छाप छोड़ने में वह असफल रहे हैं।

दक्षिण अफ्रीका में प्रथम आंदोलन

1906 में टांसवाल सरकार ने दक्षिण अफ्रीका की भारतीय जनता के पंजीकरण के लिए विशेष रूप से अपमानजनक अध्यादेश जारी किया। भारतीयों ने सितंबर 1906 में जोहानिसबर्ग में गांधी के नेतृत्व में एक विरोध जनसभा का आयोजन किया और इस अध्यादेश के उल्लंघन तथा इसके परिणामस्वरूप दंड़ भुगतने की शपथ ली। इस प्रकार सत्याग्रह का जन्म हुआ, जो वेदना पहुँचाने के बजाय उन्हें झेलने, विद्वेषहीन प्रतिरोध करने और बिना हिंसा के उससे लड़ने की नई तकनीक थी।

उस दिन गांधी जी डरबन में थे और वे भारत लौटने वाले ही थे

कि 'नेटाल मर्करी' अखबार की एक प्रति गांधी जी को लाकर दी गई। उसमें नेटाल धारासभा की कार्यवाही की संक्षिप्त रिपोर्ट छपी थी, जिसमें कुछ लाइनें भारतीय मताधिकार के विषय में भी थी। नेटाल सरकार एक ऐसा बिल पारित करना चाहती थी, जिस में भारतीयों के मताधिकार छिनते थे। वैसे भी भारतीयों को अधिकार बहुत कम थे, उस पर जो अधिकार थे वह भी छिनने की नौबत आ गई थी। गांधी जी ने धारासभा में देने के लिए एक प्रार्थना पत्र तैयार किया। और सेठ अब्दुल्ला के नाम से एक तार भेजा और

इस प्रकार दो दिन के लिए कार्यवाही रोक दी गई। किन्तु बिल का पास होना नहीं रुका। यह पहला अवसर था और प्रवासी भारतीय काफ़ी खुश थे। यह पहला आंदोलन था। सभी उत्साहित थे। प्रतिदिन सभाएं होने लगीं।

लोगों की संख्या भी बढ़ने लगी। चन्दे का पैसा भी बहुत जमा हो गया था। बहुत लोग अपनी मर्जी से काम करने लगे, वे घूम-घूम कर लोगों को जगाते हस्ताक्षर कराते, लिखाई का काम करते। गिरमिटिया कुलियों की जो संतानें थीं, उन्होंने बड़ी ही लगन से इस कार्य में भाग लिया, वे खूब अच्छी तरह अंग्रेज़ी जानते थे। एक माह में ही 'लार्ड रिपन' जो उस समय उपनिवेश मंत्री थे, को दस हज़ार हस्ताक्षरों का एक पत्र भेजा गया और इस तरह पहला चरण पूर्ण हो गया।

दक्षिण अफ्रीका में रहते हुए गांधी जी के तीन वर्ष निकल गए। अब वहां के लोग गांधी जी को अच्छी तरह जान गए थे। अब उनकी वकालत भी जम गई थी। अब उन्होंने सोचा कि परिवार को भी यहीं लाया जाए, क्योंकि अभी दक्षिण अफ्रीका के लोगों को उनकी आवश्यकता थी। छह माह की छुट्टी लेकर गांधीजी भारत लौट आए।

भारत आकर छह माह भी पूरे न हुए थे कि वहां से तुरन्त लौट आने का तार मिला। दादा अब्दुल्ला ने 'कुरलैण्ड' नाम का स्टीमर खरीदा था। उन्होंने लिखा था कि गांधी जी अपने परिवार सहित बिना किराए के उस स्टीमर से यात्रा करें। गांधी जी दिसम्बर के शुरू में जल्दी ही बम्बई से नेटाल के लिए चल दिए। इस यात्रा में उनकी पत्नी और दो पुत्र भी साथ थे।

उसी समय समुद्र में तूफान आ गया। तूफान अपने पूरे ज़ोर पर था। जहाज़ में तूफ़ानी थपेड़े इतनी तेज थे कि लगता था कि जहाज़ के टुकड़े हो जाएँगे। कप्तान सभी को तसल्ली दे रहा था, पर लोगों के होश उड़ रहे थे। हिन्दू-मुसलमान सब एक होकर ईश्वर से सच्चे मन से दुआएं व प्रार्थना कर रहे थे। जहाज़ रह-रह कर इतना हिल रहा था कि अभी पलट जाएगा। चौबीस घंटे बाद तूफ़ान का आतंक शान्त हुआ और सूरज दिखलाई पड़ा। खतरा टल गया था। इस तूफ़ान के दौरान जहाज के यात्रियों से गांधी जी की मित्रता बढ़ गई। जहाज़ में गांधी जी कप्तान के संदेश सभी को दे रहे थे। उनको जहाज़ में उल्टी व जी मिचलने की तकलीफ न होती थी। दक्षिण अफ्रीका में हर बन्दरगाह पर भारत से आने वाले यात्रियों की डॉक्टरों द्वारा जाँच होती थी। उस समय बम्बई में प्लेग जैसी महामारी फैली हुई थी। जब जहाज़ बन्दरगाह पर पहुँचता था तब पीला झण्डा दिखाया जाता था। डॉक्टरी जांच हो जाती तब वह झंडा उतार लिया जाता और संबंधियों से मिलने की अनुमति मिलती थी।

तेइस दिन तक प्लेग के कीटाणुओं का संक्रमण रहता है। कुछ दिन यात्रा में बीत गए और पांच दिन और रुकना था। इस सब का कारण केवल संक्रमण न था। डरबन के गोरे चाहते थे कि दोनों जहाज किसी तरह वापस लौट जाएं। गोरों की नित्य सभाएं होतीं और दादा अब्दुल्ला को लालच दिया जाता कि इन सब को वापस भेज दें। सारा नुकसान पूरा कर दिया जाएगा। इन बातों को न मानने पर उन्हें धमकियां भी दी जातीं। गोरे जानते थे कि गांधी जी भी इसी जहाज में हैं और उन गोरों ने गांधी जी पर दो आरोप लगाए थे।

पहला आरोप था कि गांधी जी ने नेटाल में गोरों की निन्दा की है। दूसरा आरोप था कि गांधी जी नेटाल को भारतीयों से भर देना चाहते थे दोनों जहाज़ों 'कुरलैण्ड' और 'नादरी' में भारतीय भरे हुए हैं; और नेटाल में उन्हें बसाने का उद्‌देश्य है।

इस तरह मुसाफिर भी परेशानी में थे और दादा अब्दुल्ला भी। तेइस दिन पूरे होने पर यात्रियों को जहाज से उतारा गया लेकिन गांधी जी और उनके परिवार को अंत तक रोके रखा। सरकार के एक सदस्य मिस्टर एसकब ने सूचना दी कि गोरे बहुत उत्तेजित हैं और गांधी जी की जान को खतरा है। गांधी जी को जब यह बात पता चली तो उन्होंने शाम को जाना ही उचित समझा, लेकिन आधे घंटे बाद मिस्टर लाटन उन्हें लेने आ पहुँचे और कप्तान से कहा, "यदि मिस्टर गांधी मेरे साथ आना चाहे तो मैं अपनी जिम्मेदारी पर ले जाना चाहता हूँ। इसके बाद गांधी जी से मिले और कहा, "यदि आपको ज़िंदगी का भय न हो तो मैं चाहता हूँ मिसेज़ गांधी और बच्चे गाड़ी में रुस्तम जी सेठ के यहां चले जाएं।"

गांधीजी और लाटन आम रास्ते से पैदल जाएं। पत्नी और बच्चों को भेज दिया गया और वे ठीक-ठाक रुस्तम जी सेठ के यहां पहुँच गए।

कुछ गोरे लोगों ने गांधी जी को पहचान लिया और गांधी — ऽ गांधी चिल्लाने लगे। कुछ और लोग बढ़ते गए। उन्होंने गांधी जी को मिस्टर लाटन से अलग कर दिया। उन पर अण्डे और पत्थर फेंके गए। पगड़ी उतार कर फेंक दी और लात घूसे बरसाने लगे। इस सबके कारण गांधी जी बेहोश होने लगे। उस समय पुलिस सुपरिटेन्डेन्ट की पत्नी उधर से गुज़री जो गांधी जी को जानती थी।

वे आगे बढ़ी और गांधी पर अपना छाता खोलकर तान दिया। गोरे सुपरिटेन्डेन्ट की पत्नी को जानते पहचानते थे। अब यदि वे वार करते तो सुपरिटेन्डेन्ट की पत्नी को चोट आ सकती थी।

इतने में थाने तक यह खबर पहुँच गई और वे स्वयं उस स्थान पर आ गए। उन्होंने भीड़ को बल से नहीं वरन् अपनी वाक्पटुता से काबू किया और एक पुलिस वाले से गांधी जी को कहलवा दिया कि वे पीछे के रास्ते से निकल जाएँ। गांधी जी ने वेश बदला और वे निकल कर थाने पहुँच गए। भीड़ चिल्ला रही थी। गांधी को हमें सौंप दो। सुपरिटेन्डेन्ट ने भीड़ को संबोधित करके कहा, "मुझे इतना तो यक़ीन है कि तुम रुस्तम जी के मकान को न जलाओगे और गांधी जी के बाल-बच्चों को नुक़सान न पहुँचाओगे।" और कोई एक प्रतिनिधि को अन्दर जाने की अनुमति दे दी। गांधी जी के न मिलने पर भीड़ को घर जाने की चेतावनी दे दी।

गांधी जी से उन लोगों पर मुकदमा चलाने को कहा गया, किन्तु गांधी जी ने मना कर दिया इस प्रकार 'सत्याग्रह' का रास्ता आसान हो गया। तीन-चार दिन बाद गांधी जी घर पहुँचे और अपने काम-काज में लग गए।

भारत में आकर गांधी जी ने सोचा था कि अब बम्बई में ही रहेंगे। तभी अचानक उन्हें एक तार मिला कि, "चेम्बर लेन यहाँ आ रहे हैं, तुम्हें जल्द आना चाहिए।" गांधी जी जब दक्षिण अफ्रीका से स्वदेश लौटे थे तब वे वायदा कर के आए थे कि समय पड़ने पर अवश्य आएंगे। अपना ऑफिस बन्द कर वे दक्षिण अफ्रीका चल दिए। वहाँ पहुँचकर उन्होंने देखा कि वहाँ की स्थिति और भी खराब हो चुकी है। बोअर युद्ध के समय में की गई भारतीय लोगों की

सेवाएं भुला दी गईं थीं। यहाँ पर भारत के लोगों की दशा बदतर हो चुकी थी। उन्होंने निश्चय किया कि यदि अपने देशवासियों की सेवा करनी है, तो उन्हें लम्बे समय तक यहाँ रहना पड़ेगा। यह सोच कर उन्होंने 'जोहानिसबर्ग' में अपना ऑफ़िस खोला और एक मोहल्ले में कमरा भी रहने को मिल गया। घर के खर्चे का दायित्व अपने बड़े भाई को सौंप दिया और अपनी आय से जो बचता सार्वजनिक कार्यों में लगाने लगे।

1904 में 'इंडियन ओपीनियन' के नाम से निकलने वाले समाचार पत्र का सम्पादन करने लगे। उस पत्र में भारत के रहने वाले प्रवासियों की समस्याओं के समाचार रहते थे। गांधी ने देखा कि बिना आर्थिक सहायता के पत्र निकालना कठिन है। इसलिए वे अपनी सारी बचत उसमें लगाने लगे। प्रत्येक सप्ताह वे अपने विचार उस में रखते, जिसे वे सत्याग्रह के नाम से जानते थे। उन्हीं विचारों को समझने की कोशिश करते थे। पाठक वर्ग उसे अपना पत्र समझते थे। इस पत्र से उन्हें सत्याग्रह व दक्षिण अफ्रीका में रह रहे हिन्दुस्तानियों की हालत का साक्षात्कार होता। इस पत्र में गांधी जी ने खान-पान पर भी लेख-माला लिखी थी, जिस को बाद में पुस्तक का आकार दिया गया। उसका अनुवाद अंग्रेजी में 'गाइड टू हेल्थ' नाम से हुआ। जिसे पढ़कर बहुत से लोगों ने अपना जीवन ही बदल दिया।

दक्षिण अफ्रीका में वकालत करते हुए गांधी जी को जो अनुभव हुए उन का वर्णन करना भी एक रोचक व मधुरता लिए हुए है। जो कष्ट उन्होंने सहे वह भी धैर्यपूर्वक। गांधीजी ने सुन रखा था कि बिना झूठ के वकालत नहीं चलती, लेकिन गांधी जी झूठ के बल पर वकालत करना नहीं चाहते थे। मुकदमा लाने वाले मुवक्किल

से वह पहले ही कह देते थे कि यदि मुकदमा झूठा हो तो वे गांधी जी के पास न आएं। गवाहों को भी मुवक्किल को ही तय करना पड़ता। इस सबका यह महत्त्व हुआ कि गांधी जी के पास आने वाले वाद सच्चे होते। झूठे मुकदमे और वकील ले लेते थे। उस से गांधी जी की अपनी अलग साख बन गई। एक मुवक्किल ने गांधी जी को धोखे से एक मुकदमा लड़ने को दिया। बाद में पता चला कि मुकदमे में झूठ का सहारा लिया गया है। अदालत में जब गांधी ने मुकदमा लड़ना शुरू किया, तब गांधी जी ने मजि़स्ट्रेट से अनुरोध किया कि मुकदमा खारिज़ कर दिया जाए। इस से विरोधी वकील हक्का-बक्का रह गया।

इससे गांधी जी की प्रतिष्ठा पर कोई आंच नहीं आई वरन् गांधी जी और अधिक प्रसिद्ध हो गए। उनकी वकालत पर भी इस सत्यता का प्रभाव पड़ा। पारसी मित्र रुस्तम जी व्यापार संबंधी सब बातें गांधी जी से परामर्श कर किया करते थे। पर उन्होंने भी एक बात छुपा रखी थी। वे चुंगी की चोरी किया करते थे। रुस्तम जी हिन्दुस्तानियों में बहुत प्रसिद्ध थे। बड़े-बड़े लोगों व अधिकारियों से उनकी अच्छी दोस्ती थी। इस कारण उन पर किसी को शक भी नहीं होता था। किसी कारण एक बार उनकी चोरी पकड़ी गई। वे बहुत शर्मिन्दा हुए। वे गांधी जी के पास आए और रोने लगे। गांधी जी से बोले, "भाई मैंने तुम्हें धोखा दिया। मेरा पाप आज प्रकट हो गया। मैं चुंगी की चोरी करता हूँ। यह बात मैंने आप से छिपाई थी, अब इसके लिए पछता रहा हूँ।" गांधी जी ने उन्हें तसल्ली देकर समझाया, "मैं तो आपको उस हालत में छुड़ा सकता हूँ, जब आप अपना गुनाह कुबूल कर लें।"

"परन्तु मैंने आपके सामने कुबूल कर लिया, इतना ही क्या काफ़ी नहीं है।" रुस्तम जी ने कहा।

लेकिन गांधी जी इस बात से सहमत नहीं थे। उनकी नज़र में रुस्तम जी ने चोरी तो सरकार की, की है। उन्होंने अपने वकील से सलाह की और गांधी जी की बातें बताई। उनके वकील को गांधी जी की यह सलाह पसन्द नहीं आई, लेकिन रुस्तम सेठ को यही ठीक लगा।

गांधी जी ने उन्हें आश्वासन दिया कि वे चुंगी के अधिकारी से मिलेंगे और अटॉर्नी-जनरल से भी। इन लोगों से मिलकर रुस्तम पर जुर्माना लगा दिया और अगर बात नहीं बनी तो रुस्तम जी को जेल जाना पड़ेगा। जेल जाने में शर्म नहीं होनी चाहिए। चोरी करने में शर्म आनी चाहिए।

इस के बाद गांधी जी अधिकारियों से मिले। सारी घटना सच्ची-सच्ची प्रकट कर दिया। गांधी जी की सत्यता की चर्चा तो पहले से ही सभी जानते थे। उन की बात सुनकर अधिकारियों पर यह प्रभाव हुआ कि रुस्तम सेठ पर मुकदमा नहीं चलाया गया वरन् जितनी चुंगी की चोरी उन्होंने की थी उस पर दण्ड़ के रूप में दो गुनी राशि उन्हें देनी पड़ी। रुस्तम सेठ ने चुंगी चोर की वारदात लिखकर अपने कार्यालय में एक चेतावनी के साथ कि भविष्य में ऐसा न हो अपने कार्यालय में टंगवा दी और अपने उत्तराधिकारियों और व्यापारियों को चोरी न करने की हिदायत कर दी। इस के बाद रुस्तम जी ने फिर कभी अपनी साख नहीं बिगड़ने दी। वे गांधी जी के और निकट आ गए।

गांधी जी को जेल

22 अगस्त, 1906 को एक 'असाधारण-गजट' में एक आर्डिनेंस छपा था। जिस से दक्षिण अफ्रीका में रहने वाले भारतीयों पर फिर एक गाज गिरी। सभी भारतीयों को बच्चा हो, स्त्री हो अथवा पुरुष ट्रांसवाल में रहने के लिए रजिस्ट्रेशन कराना था। सभी का हुलिया (पहचान) लिखा जाता और इसके बदले उन्हें एक सर्टीफिकेट दे दिया जाता और पुराने पत्र-कागजात ले लिए जाते। जो व्यक्ति इस के लिए प्रार्थना पत्र न देता उसके लिए सजा के कई प्रावधान थे। यहां तक कि प्रार्थना पत्र समय से न देने पर उन से ट्रांसवाल में रहने का अधिकार छिन जाता था। प्रार्थना पत्र न देना कानूनी अपराध ठहराया गया था। इस आर्डिनेंस की अवज्ञा करने पर जेल भी भेजा जा सकता था और न्यायालय चाहे तो उस व्यक्ति को देश से भी निकाला जा सकता था।

गांधी जी ने बहुत से लोगों को एकत्र किया और इस बिल का विरोध करने के लिए समझाया कि इस बिल के आगे किसी तरह भी नहीं झुकना है। उसका डटकर मुकाबला करना है। चाहे कितने भी दुःख सहन करने पड़े। अब इस आंदोलन ने 'सत्याग्रह' का रूप धारण कर लिया था। सब आंदोलन पर डट गए, पर इन सब विरोधों के बावजूद वह बिल पास हो ही गया। इसका कारण था कि कुछ लोगों ने अपना नामांकन करा लिया था। फिर भी यह संख्या अधिक न थी। सरकार ने देखा कि सभी प्रयास फेल हो रहे हैं, तब उन्होंने भारतीयों की पकड़-धकड़ शुरू कर दी। जर्मीस्टन में भारतीयों की बड़ी संख्या रहती थी। उन में एक रामसुन्दर नाम का व्यक्ति भी था। वह बड़ा सशक्त लग रहा था। लगता था यह बहादुरी

से इस सब का सामना करेगा। उसे 30 दिन की सजा सुनाई गई। जोहानिसबर्ग की जेल में उसे यूरोपीयन वार्ड में अलग कमरे में रखा गया। उसकी बहादुरी देखते हुए उसे बड़ी धूमधाम से जेल के लिए विदा किया था, लेकिन उसे जेल में परेशानी हुई और वह ट्रांसवाल और आंदोलन दोनों से दूर चला गया। रामसुन्दर की गिरफ्तारी से सरकार का कुछ भी काम नहीं बना। लोगों में उत्साह की भावना बहुत बढ़ रही थी।

उस समय का समाचार-पत्र 'इन्डियन ओपीनियन' में लेख छपते, जिसमें भारतीयों की सारी कार्यवाही व आंदोलन की सारी चर्चा विस्तार से छपती। ऐशियाटिक विभाग के लोग भी इस अखबार को ध्यान से पढ़ने लगे थे और उसे पढ़ कर इस निश्चय पर पहुँचे कि जब तक प्रतिनिधियों की गिरफ्तारी नहीं होगी तब तक इस लड़ाई की कमर तोड़ना असम्भव है। 1907 ई. में बहुत से प्रतिनिधियों के नाम 'समन' भेज दिए गए। 28 दिसम्बर सन् 1907 को प्रतिनिधि अदालत में पेश हो गए। यहां पर उन से कहा गया कि ऐशियाटिक-कानून न मानने के जुर्म में उन पर मुकदमा चलेगा। सब के अलग-अलग मुकदमे चले। कुछ को 48 घंटों के भीतर और कुछ को सात से चौदह दिन के अंदर ट्रांसवाल छोड़कर चले जाने का हुक्म हुआ। यह समय सीमा 10 जनवरी 1908 को समाप्त होनी थी और उस दिन सजा सुनाई जानी थी।

किसी ने भी इस आज्ञा को नहीं माना। किसी ने भी ट्रांसवाल न छोड़ा और इस प्रकार अवज्ञा कर सबने अपना अपराध स्वीकार कर लिया। सब ने अपने-अपने लिए सजा मांग ली। गांधी जी ने अधिक सजा मांगी, किन्तु उन्हें दो माह की ही सजा सुनाई गई।

सजा सुनाकर हवालात में बन्द कर दिया गया और फिर जेल भेज दिया गया। जेल का कमरा एक दम चारों ओर से बन्द था। मात्र हवा आने के लिए ऊपर ही एक झरोखा था। उस में गांधी जी को बन्द कर दिया। गांधी जी को अन्य लोगों की चिंता थी कि तभी अन्य साथी भी आ गए। उन्हें भी उसी बड़े कमरे में बन्द किया गया था। अब सब लोगों ने एक-एक कर अपने अनुभव बताए कि उनके साथ क्या-क्या हुआ। सभी लोगों के एक साथ होने से बड़ा अच्छा लग रहा था।

अंधेरे और बंद कमरे में बंद थे लोग। दो-चार दिनों में ही लोग बढ़ते गए। उस में वे लोग जो फेरी लगा कर समान बेचते थे, उन्हें एक तरह की सरकारी लाइसेन्स (पंजीकरण पत्र) रखना होता था। पुलिस वाले कभी भी किसी समय भी यह सर्टिफिकेट देखने के लिए मांग सकते थे। जिस किसी के पास भी यह न होता उसे बन्दी बना कर जेल भेज दिया जाता था। उस तरह वे लोग आसानी से गिरफ्तार हुए। एक सप्ताह के भीतर ही यह संख्या लगभग एक हजार तक पहुँच गई। लोग बढ़ते ही जा रहे थे। बाहर के समाचार भी प्रतिदिन आने वाले लोगों से मिल जाते थे। अधिक लोग गिरफ्तार होने लगे तब उनके साथ सख़्ती होने लगी।

जोहानिसबर्ग की जेल के खाने में सवेरे बिना नमक का दलिया दिया जाता था। नमक अलग से दिया जाता था। दोपहर के खाने में एक पाव पतले चावल, थोड़ा सा घी और एक डबल रोटी मिलती थी। इस समय भी नमक अलग से ही दिया जाता था। रात के खाने में एक आलू और मक्का की पतली सी राब। इससे किसी की भी भूख शांत न होती थी। जेल में जो डॉक्टर था वह बड़ा ही सख़्त

था। जब उससे कुछ मसाले और कुछ दाल मांगी, जिससे शरीर को कुछ प्रोटीन मिले, तब तो डॉक्टर का पारा और भी चढ़ गया, क्योंकि गांधी जी ने भारत की जेलों का हवाला दे दिया था कि वहां की जेलों में दाल में नमक भी पड़ता है और मसाले भी। डॉक्टर ने कड़ा उत्तर दिया, "यह हिन्दुस्तान नहीं है। कैदी को स्वाद कैसा? मसाला नहीं मिल सकता। तुम लोगों को प्रोटीन भी दी जाती है। सप्ताह में दो बार मक्की के स्थान पर मटर दी जाती है।"

डॉक्टर कुछ सुनता ही नहीं था, फिर सभी ने मिलकर सुपरिटेन्डेन्ट से प्रार्थना की, उसने अपने आप खाना बनाने की सुविधा दे दी। अब खाने में नमक डलने लगा और खाना कुछ स्वाद वाला संतोष देने वाला हुआ।

सुविधाओं के अभाव में भी सभी प्रसन्न थे। सब मिल-जुल कर समय बिता रहे थे। पन्द्रह दिन बीत गए। नए कैदी खबर लाए कि सरकार के साथ समझौते की बातें हो रही हैं। गांधी जी को जनरल स्मट्स के पास बुलाया गया। इस ब्लैक एक्ट पर कहा गया कि, "भारतीय स्वेच्छा से अपने परवाने बदलवा लें। उन पर कानून की कोई पाबंदी न रहेगी।" इस तरह सत्य, अहिंसा की जीत हुई। 1914 में ब्लैक एक्ट वापस ले लिया गया।

जुल्लू विद्रोह

गांधी जी मानवता के पुजारी थे। वे किसी को पीड़ित नहीं देखना चाहते थे और लोगों की सेवा करना ही उनका ध्येय था। उन दिनों 'जुल्लू-विद्रोह' शुरू हुआ था। गांधीजी आजादी तो चाहते थे, लेकिन ब्रिटिश साम्राज्य के विरोधी भी नहीं थे। जुल्लू लोग किसी

भारतवासी को कष्ट नहीं देते थे। तब भी वे ब्रिटिश साम्राज्य का नाश नहीं चाहते थे।

गांधी जी अपने को 'नेटाल' का ही समझते थे। इस कारण उन्होंने वहां के गवर्नर को पत्र द्वारा सूचित किया कि "यदि ज़रूरत हो तो मैं घायलों की सेवा-सुश्रुषा करने के लिए हिन्दुस्तानियों की एक टुकड़ी लेकर जाने को तैयार हूँ।" गवर्नर ने तुरन्त इसकी इजाजत दे दी। डरबन पहुँच कर उन्होंने चौबीस आदमी तैयार किए। गांधी जी को सार्जेन्ट मेजर का पद मिला, जो अस्थायी था। कुछ को सार्जेन्ट और एक को कापोरल बनाया गया।

जिसे विद्रोह का नाम दिया गया था, वैसा कुछ नहीं था। गांधी जी का मन द्रवित हो उठा और उनकी सहानुभूति जुल्लुओं के प्रति हो गई। वहां के डॉक्टर ने बताया कि जुल्लुओं की सेवा करने को अंग्रेज़ लोग तैयार न होते। जुल्लुओं के घाव सड़ने लगे थे। लड़ाई में घायल लोग कुछ तो कैदी थे जो शक में पकड़े गए थे। उन पर कोड़े बरसे थे। उन कोड़ों से हुए घाव सड़ने लगे थे। घायलों को डोलियों में उठाकर निश्चित स्थान पर ले जाते। वहां उन घायलों के घावों को धोते पट्टियाँ बांधते थे। ऐसा लगता था जैसे बहुत से शिकारियों ने इन लोगों को जानवरों की तरह मारा हो। गांवों में जाकर गोलियां चलाते थे सैनिक। यदि गांधी जी की टीम सेवा के लिए न आती तो यह लोग बेमौत मारे जाते। ईश्वर ने ही शायद इन लोगों पर कृपा की जो गांधी जी की टीम को जुल्लुओं की सेवा का अवसर मिला। इन सब की सेवा करके गांधी जी के मन को बहुत शान्ति मिली।

दक्षिण अफ्रीका में सात वर्ष से अधिक समय तक संघर्ष चला।

इसमें उतार-चढ़ाव आते रहे, लेकिन गांधी के नेतृत्व में भारतीय अल्पसंख्यकों के छोटे से समुदाय ने अपने शक्तिशाली विपक्षियों के खिलाफ संघर्ष जारी रखा। सैकड़ों भारतीयों ने अपने अंतःकरण और स्वाभिमान को चोट पहुँचाने वाले कानून के सामने झुकने की बजाय अपनी आजीविका तथा स्वतंत्रता की बलि चढ़ाना ज्यादा पसंद किया। 1913 में आंदोलन के अन्तिम चरण में महिलाओं समेत सैकड़ों भारतीयों ने कारावास की सजा भुगती तथा खदानों में काम बन्द करके हड़ताल कर रहे हजारों भारतीय मजदूरों ने कोड़ों की मार, जेल की सजा और यहाँ तक कि गोली मारने के आदेश का भी साहसपूर्ण सामना किया। भारतीयों के लिए यह घोर यातना थी। लेकिन दक्षिण अफ्रीकी सरकार के लिए यह सबसे खराब प्रचार सिद्ध हुआ और उसने भारत व ब्रिटिश सरकार के दबाव के तहत एक समझौते को स्वीकार किया। जिस पर एक ओर से गांधी तथा दूसरी ओर से दक्षिण अफ्रीकी सरकार के प्रतिनिधि जनरल जॉन क्रिश्चियन स्मट्स ने बातचीत की थी।

कानून के पेशे में गांधी की अधिकतम आय 5,000 रुपये प्रतिवर्ष पहुँच गई थी, लेकिन पैसा कमाने में उनकी अधिक रुचि नहीं थी और उनकी बचत अकसर सार्वजनिक गतिविधियों पर खर्च हो जाती थी। डरबन में और फिर जोहानिसबर्ग में, उन्होंने सदाव्रत खोल रखा था। उनका घर युवा सहकर्मियों तथा राजनीतिक सहयोगियों का ठिकाना बन गया था। यह सब उनकी पत्नी को परेशान करता था, जिनके असाधारण धैर्य, सहनशीलता और आत्मबलिदान के बिना गांधी सार्वजनिक सरोकार के प्रति शायद ही स्वयं को समर्पित कर पाते। जैसे-जैसे वे दोनों परिवार और सम्पत्ति के पारम्परिक

बंधनों से मुक्त होते गए, उनके निजी व सामुदायिक जीवन का अंतर सिमटता गया। गांधी सादा जीवन, शारीरिक श्रम और संयम के प्रति अत्यधिक आकर्षण महसूस करते थे। 1904 में पूँजीवाद के आलोचक जॉन रस्किन के 'अन टू दिस लास्ट' पढ़ने के बाद उन्होंने डरबन के पास फीनिक्स में एक फार्म की स्थापना की, जहाँ वह अपने मित्रों के साथ केवल अपने श्रम के बूते पर जी सकते थे। छह वर्ष के बाद गांधी की देखरेख में जोहानिसबर्ग के पास एक नई बस्ती विकसित हुई। रूसी लेखक और नीतिज्ञ के नाम पर इसे 'टॉल्सटाय फार्म' का नाम दिया गया। गांधी टॉल्सटाय के प्रशंसक थे और उनसे पत्र व्यवहार करते थे।

मोहनदास से बने महात्मा गांधी

1912 में गुरुकुल कांगड़ी के संस्थापक स्वामी श्रद्धानंद दक्षिण अफ्रीका गए थे। वे वहाँ मोहनदास के कामों को देखकर बड़े प्रसन्न हुए, "आप बहुत अच्छा काम कर रहे हैं मोहनदास।"

"जी बड़े भाई। यह तो सब आपके आशीर्वाद का ही फल है।"

"नहीं, मेरे आशीर्वाद नहीं आपके संस्कारों का परिणाम है। आप सच्चे अर्थों में महात्मा हैं।" इस प्रकार कहते हैं कि सबसे पहले स्वामी श्रद्धानंद ने उन्हें महात्मा गांधी कहकर पुकारा। कालांतर में तो गुरुकुल कांगड़ी में मोहनदास को सम्मानित करते हुए महात्मा की विधिवत् उपाधि भी दी।

जुलाई 1914 में दक्षिण अफ्रीका से गांधी के भारत प्रस्थान के बाद स्मट्स ने एक मित्र को लिखा था, 'संत ने हमारी भूमि से विदा

ले ली है, आशा है सदा के लिए' 25 वर्ष के बाद उन्होंने लिखा, 'ऐसे व्यक्ति का विरोधी होना मेरी नियति थी, जिनके लिए तब भी मेरे मन में बहुत सम्मान था'। अपनी अनेक जेल यात्राओं के दौरान एक बार गांधी ने स्मट्स के लिए एक जोड़ी चप्पल बनाई थी। स्मट्स का संस्मरण है कि उनके बीच कोई घृणा या व्यक्तिगत दुर्भाव नहीं था और जब लड़ाई खत्म हो गई तो 'माहौल ऐसा था, जिसमें एक सम्मानजनक समझौते को अंजाम दिया जा सकता था।'

जब मोहनदास महात्मा के नाम से प्रसिद्ध हो गए तो उनका दायित्व और भी अधिक बढ़ गया और उन्होंने धर्म-कर्म के पथ को और गंभीरता से अपनाया। लेकिन महात्मा गांधी सभी धर्मों को आदर की दृष्टि से देखते थे। रवींद्रनाथ ठाकुर की कविताओं से भी गांधी जी बहुत प्रभावित थे, क्योंकि विश्व कवि की कविताएँ अध्यात्म का निचोड़ थीं। गांधी की धार्मिक खोज उनकी माता, पोरबंदर तथा राजकोट स्थित घर के प्रभाव से बचपन में ही शुरू हो गई थी। लेकिन दक्षिण अफ्रीका पहुँचने पर इसे काफी बल मिला। वह ईसाई धर्म और टॉल्सटॉय के लेखन पर मुग्ध थे। उन्होंने कुरान के अनुवाद का अध्ययन किया और हिन्दू अभिलेखों तथा दर्शन में डुबकियाँ लगाईं। सापेक्षिक कर्म के अध्ययन, विद्वानों के साथ बातचीत और धर्मशास्त्रीय कृतियों के निजी अध्ययन से वह इस निष्कर्ष पर पहुँचे कि सभी धर्म सत्य हैं और फिर भी हर एक धर्म अपूर्ण है।

वकालत का पेशा करते समय भी गांधी जी धर्म और अधर्म का ख्याल रखते थे। उनके अनुसार, एक सच्चे वकील का काम विरोधी पक्षों को एकजुट करना था। जल्दी ही वह मुवक्किलों को अपनी सेवा के खरीदार की बजाय मित्र समझने लगे, जो न सिर्फ कानूनी मामलों में उनकी सलाह लेते थे, बल्कि बच्चे से माँ का दूध छुड़ाने और परिवार के बजट में संतुलन जैसे मामलों पर भी राय लेते थे। जब एक सहयोगी ने रविवार को भी मुवक्किलों के आने पर विरोध किया, तो गांधी का जवाब था 'विपत्ति में फँसे आदमी के पास रविवार का आराम नहीं होता।'

महात्मा गांधी राम के उपासक थे, लेकिन उनके राम दशरथ नंदन राम नहीं, वरन परमपिता परमेश्वर थे, जो कभी न जन्मते हैं और न

ही मरते हैं। अजर, अमर और अविनाशी शक्ति को महात्मा गांधी राम के नाम से संबोधित करते थे। उन्होंने राम नाम को ईश्वर और हरि के पर्यायवाची रूप में प्रचारित किया। राम शब्द का वे नित्य ध्यान और उच्चारण करते थे। यह बात वे अच्छी तरह जानते थे कि राम-शब्द के उच्चारण से लाखों/करोड़ों हिन्दुओं पर फौरन असर होगा और गॉड शब्द का अर्थ समझने पर भी उसका उन पर कोई असर न होगा। चिरकाल के प्रयोग से और उनके उपयोग के साथ संयोजित पवित्रता से शब्दों को शक्ति प्राप्त होती है। यही कारण है कि गांधी जी ने राम नाम का सहारा लिया, ताकि पराधीन भारत को स्वाधीन करने के लिए भारत के लोगों को जगाया जा सके।

राष्ट्रवादी भारत के नेता के रूप में उदय

महात्मा गांधी को अपने देश और मानवता से बचपन से ही प्रेम था। राष्ट्रवादी विचारधारा उनमें कूट-कूट कर भरी थी। 1915 से 1918 तक के काल में गांधी भारतीय राजनीति की परिधि पर अनिश्चितता से मंडराते रहे। इस काल में उन्होंने किसी भी राजनीतिक आंदोलन में शामिल होने से इंकार कर दिया तथा प्रथम विश्व युद्ध में ब्रिटेन के प्रयासों, यहाँ तक कि भारत की ब्रिटिश फौज में सिपाहियों की भर्ती का भी समर्थन किया। साथ ही वह ब्रिटिश अधिकारियों की उद्दंड़ता भरी हरकतों की आलोचना भी करते थे। उन्होंने बिहार व गुजरात के किसानों के उत्पीड़न का मामला भी उठाया। महात्मा गांधी को आजादी के आंदोलन में एक महान नेता मिल गए थे और वे थे पंडित जवाहर लाल नेहरु। नेहरु जी गांधी जी का बहुत आदर करते थे।

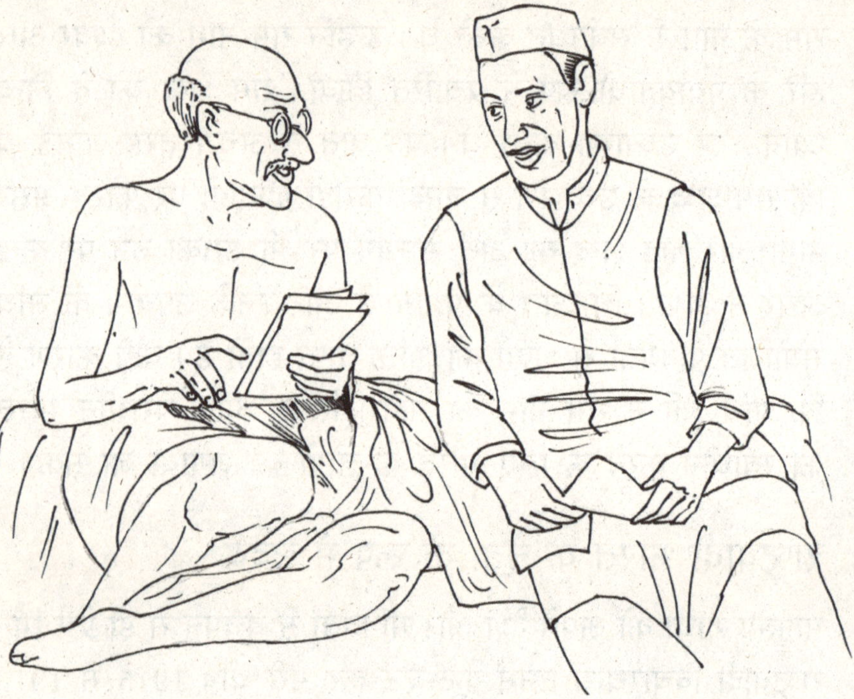

महात्मा गांधी ने सीधे ही आजादी के लिए मांग नहीं उठाई, वरन सबसे पहले उन्होंने अंग्रेजों के अत्याचार और अन्याय के खिलाफ जंग लड़ने का ऐलान किया। गांधी जी ने वर्ष 1917-18 के दौरान बिहार के चम्पारण नामक स्थान पर खेतों में पहली बार भारत में सत्याग्रह का प्रयोग किया। यहाँ अकाल के समय गरीब किसानों को अपने जीवित रहने के लिए जरूरी खाद्य फसलें उगाने के स्थान पर नील की खेती करने के लिए जोर डाला जा रहा था। उन्हें अपनी पैदावार का कम मूल्य दिया जा रहा था और उन पर भारी करों का दबाव था। गांधी जी ने उस गांव का विस्तृत अध्ययन किया और जमींदारों के विरुद्ध विरोध का आयोजन किया, जिसके

परिणामस्वरूप उन्हें गिरफ्तार कर लिया गया। उनके कारावास में डाले जाने के बाद और अधिक प्रदर्शन किए गए। जल्दी ही गांधी जी को छोड़ दिया गया और जमींदारों ने किसानों के पक्ष में एक कराररनामे पर हस्ताक्षर किए, जिससे उनकी स्थिति में सुधार आया।

रॉलेट एक्ट कानून

भारतीयों पर अत्याचार करने और उन्हें लंबे समय तक पराधीन रखने के लिए अंग्रेज तरह-तरह के कानून बनाते रहते थे। रॉलेट एक्ट भी कुछ ऐसा ही कानून था। रॉलेट एक्ट 8 मार्च, 1919 ई. को लागू किया गया था। भारत में क्रान्तिकारियों के प्रभाव को समाप्त करने तथा राष्ट्रीय भावना को कुचलने के लिए ब्रिटिश सरकार ने न्यायाधीश सर सिडनी रॉलेट की अध्यक्षता में एक कमेटी नियुक्त की। कमेटी ने 1918 ई. में अपनी रिपोर्ट प्रस्तुत की। कमेटी द्वारा दिए गए सुझावों के अधार पर केन्द्रीय विधानमण्डल में फरवरी, 1919 ई. में दो विधेयक लाए गए। पारित होने के उपरान्त इन विधेयकों को रॉलेक्ट या काला कानून के नाम से जाना गया। महात्मा गांधी ने इस एक्ट का पुरजोर विरोध किया और ब्रिटिश सरकार को शैतानी लोगों की संज्ञा दी।

भारतीय नेताओं द्वारा कड़ाई से विरोध करने के बाद भी रॉलेट एक्ट लागू कर दिया गया। इस विधेयक में की गई व्यवस्था के अनुसार मजिस्ट्रेटों के पास यह अधिकार था कि वह किसी भी संदेहास्पद स्थिति वाले व्यक्ति को गिरफ्तार करके उस पर मुकदमा चला सकता था। इस प्रकार अपने इस अधिकार के साथ अंग्रेज सरकार किसी भी निर्दोष व्यक्ति को दण्ड़ित कर सकती थी। इस

प्रकार कैदी को अदालत में प्रत्यक्ष उपस्थित करने अर्थात् बंदी प्रत्यक्षीकरण के कानून को निलंबित करने का अधिकार सरकार ने रॉलेट कानून से प्राप्त कर लिया। इस एक्ट को बिना अपील, बिना वकील तथा बिना दलील का कानून भी कहा गया। इसके साथ ही इसे काला अधिनियम एवं आतंकवादी अपराध अधिनियम के नाम से भी जाना जाता है।

गांधी जी के इस आह्वान पर रॉलेट एक्ट कानून के विरोध में बम्बई तथा देश के सभी प्रमुख नगरों में 30 मार्च 1919 को और 6 अप्रैल 1919 को हड़ताल हुई। हड़ताल के दिन सभी शहरों का जन जीवन ठप हो गया। व्यापार बंद रहा और अंग्रेज अफसर असहाय से देखते रहे। इस हड़ताल ने असहयोग के हथियार की शक्ति पूरी तरह प्रकट कर दी। दिल्ली में इस आन्दोलन की बागडोर स्वामी श्रद्धानंदजी ने संभाली। वहाँ भीड़ पर चलाई गई गोली में 5 आन्दोलनकारी आहत हुए। लाहौर एवं पंजाब में भी भीड़ पर गोलियाँ चलाई गईं। स्वामी श्रद्धानंद एवं डॉक्टर सत्यपाल के निमंत्रण पर महात्मा गांधी दिल्ली की ओर चले। गांधी जी ने रॉलेट एक्ट की आलोचना करते हुए इसके विरुद्ध सत्याग्रह करने के लिए सत्याग्रह सभा की स्थापना की।

इसके अन्य सदस्यों में लाल दास, द्वारकादास, शंकरलाल बैंकर, उमर सोमानी, बी.जी. हर्नीमन आदि शामिल थे। मार्ग में 8 अप्रैल, 1919 को उन्हें पलवल (हरियाणा) में गिरफ्तार कर बम्बई भेज दिया गया, जहाँ से वे 13 अप्रैल को अहमदाबाद पहुँचे। तब तक स्थिति काफी सामान्य हो चुकी थी।

सन् 1920 में गांधी जी कांग्रेस के नेता बन गए और उनके

निर्देश और उनकी प्रेरणा से हजारों भारतीयों ने ब्रिटिश सरकार के साथ पूर्ण सम्बन्ध-विच्छेद कर लिया। हजारों असहयोगियों को ब्रिटिश जेलों में ठूँस दिया गया और लाखों लोगों पर सरकारी अधिकारियों ने बर्बर अत्याचार किये। गांधी जी को जब हिंसा के समाचार मिले तब उन्हें बहुत दुःख हुआ और हड़ताल वापस ले ली गई, किन्तु इस समय तक अमृतसर में अंग्रेजों ने जुल्म की सारी सीमा तोड़ दीं। जलियांवाला बाग धूं-धूं कर जल उठा। अंग्रेजों ने दमन करने में कोई कसर न रखी। अंग्रेजों ने इस बदले की भावना से लगभग 300 लोगों को मौत के घाट उतार डाला, 1100 को घायल कर दिया गया। इस नरसंहार से भारतीय लोगों में आग भड़क उठी। गांधी जी को लगा कि अभी भारत के लोगों को सत्याग्रह की पूर्ण पहचान नहीं हो पाई है। वे सत्याग्रह की शक्ति को सही तरीके से समझ नहीं सके हैं। राष्ट्र के विरोध को किस प्रकार से चलाया जाए। हिंसा से किस तरह बचा जाए।

जनता को कराया कर्तव्यों का ज्ञान

गांधीजी जनता को उनके कर्तव्यों से परिचित कराना चाहते थे, यही कारण था कि 1922 में गांधी जी को सरकार के विरोध में भाषण देने पड़े। बड़े-बड़े लेख लिखने के आरोप में उन्हें फिर बन्दी बना लिया गया। इस बार उन्हें छः वर्ष की लम्बी सज़ा सुनाई गई। गांधी जी अस्वस्थ रहने लगे थे। वह पहले पसलियों के दर्द से परेशान रहे अब जेल में उन्हें पेट में बार-बार दर्द होने लगा। यह दर्द बहुत ही पीड़ा दायक था। डॉक्टरों की सलाह पर उन्हें दो वर्ष में ही छोड़ दिया गया था।

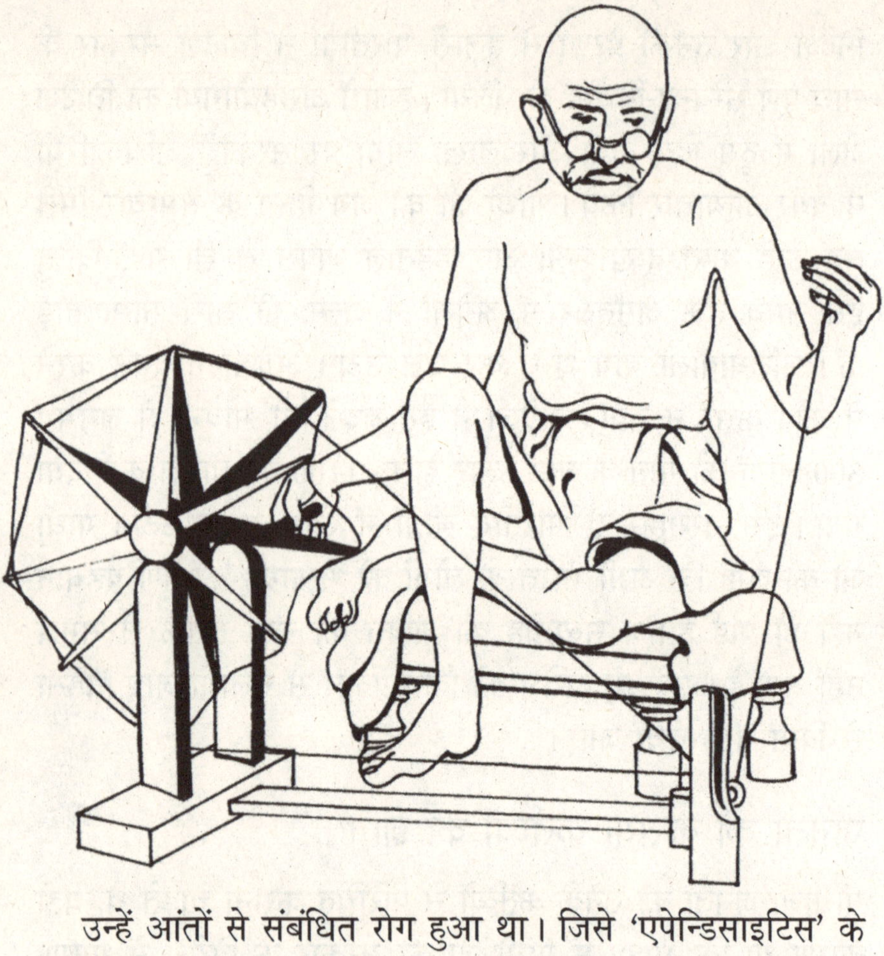

उन्हें आंतों से संबंधित रोग हुआ था। जिसे 'एपेन्डिसाइटिस' के लिए उन्हें ऑपरेशन कराना था। गांधी जी ने जेल से बाहर आकर देखा इन दो वर्षों में देश की दशा ही बदल गई है। वह भाईचारा समाप्त हो गया था, जिसका बीज गांधी ने बोया था। हिन्दू-मुसलमान एक दूसरे के खून के प्यासे हो गए थे। गांधी जी ने जब यह देखा तो बहुत दुःखी हुए। कैसे इस सब का निदान हो। उन्हें अपने शरीर की पीड़ा से भी बड़ी यह पीड़ा लगी। उन्होंने ऑपरेशन भी करवा लिया था, वह बहुत कमजोर थे, किन्तु उन्होंने 21 दिन का उपवास

किया। लोगों का विचार था कि गांधी जी का बचना संभव नहीं है, फिर भी उन्होंने रैली की। लोगों में उपवास की चर्चा भी बहुत हो रही थी। फलस्वरूप एकदम शांति हो गई।

गांधी जी ने समय की पुकार सुनी और लोगों को स्वावलंबी बनने की प्रेरणा दी। अब तक लोग विदेशी कपड़ों पर निर्भर थे। स्वदेशी माल तैयार करने की योजना बनाई गई और सूत कात कर कपड़ा तैयार करने का काम शुरू किया गया। इसके लिए चरखे की आवश्यकता हुई। चरखे में कुछ बदलाव के बाद उसे आधुनिक बनाया गया। 1915 में आश्रम की स्थापना के बाद गंगा बहन को हाथ से पूनिया बनाने वाले की खोज करने के लिए कहा गया। बहन जी ने पूनिया बनाने वाले को भी ढूंढ़ निकाला। 35 रुपए वेतन पर उसे रखा गया। तकुए आश्रम में तैयार किए गए। गंगा बहन ने एक मास में 50 इंच अर्ज़ की धोती का जोड़ा तैयार कर गांधी जी को दिया। गांधी जी के पास हर समय चरखा रहता था।

बात 1926 की है। गांधी जी उन दिनों साबरमती आश्रम में रहा करते थे। दीनबंधु सी.एफ. एण्ड्रूज भी उन दिनों वहीं थे। दीनबन्धु दया के सागर थे, दूसरों का दुख देख वे द्रवित हो जाते थे।

एक दिन मालाबार की ओर से कांग्रेस कमेटी का मंत्री गांधी जी के पास आया। उसने सार्वजनिक कोष का बहुत-सा धन लोक सेवा में खर्च किया था। लेकिन हिसाब-किताब में वह कच्चा था। सारा जमा-खर्च वह ठीक से पेश न कर पाया। हजार रुपये की बात थी। स्थानीय कार्यकारिणी का निर्णय था, "जमा-खर्च पेश करो या फिर पैसे भरो।"

उसने कहा, "इतने पैसे कहां से दूँ?"

सदस्य ने कहा, "हम क्या बताएँ? सार्वजनिक काम का हिसाब-किताब ठीक से रखना चाहिए था।"

उसने कहा, "बापू के पास जाता हूँ। वे कह दें, तब तो मानोगे?"

सदस्य ने कहा, "हाँ मान लेंगे।"

वह मंत्री गांधी जी के पास पहुँचा। उनको उसने सारी बातें बताकर बोला, "बापू! मैं स्कूल की नौकरी छोड़कर सार्वजनिक सेवा के लिए अपने आपको समर्पित कर चुका हूँ। मैंने एक भी पैसा अपने काम में नहीं लगाया है।"

गांधी जी ने कहा, "तुम जो कह रहे हो वह सच हो सकता है। लेकिन तुम्हें पैसे भरने चाहिए। सार्वजनिक काम में व्यवस्थितता बहुत जरूरी है।"

मंत्री बोला, "मुझसे भूल हो गई। इसका मेरे मन में पश्चाताप है। गलती तो हो गई, लेकिन अब क्या हो?"

गांधी जी बोले, "पैसा भरना ही एक मात्र उपाय है।"

वह युवक रोने लगा। पास ही दीनबन्धु खड़े थे। वे दुखी होकर बोले, "बापू! यह आदमी पश्चाताप कर रहा है। आप उससे इतनी कठोरता से क्यों बोलते हैं।"

गांधी जी ने कहा, "पश्चाताप केवल मन में होने से क्या लाभ? दोष का परिमार्जन हो, तो ही कहा जा सकेगा कि वास्तविक पश्चाताप हुआ। यह कुछ नहीं। इस युवक को अपनी भूल सुधारनी चाहिए। जनसेवक है यह।"

गांधी जी प्रेम-सागर थे, लेकिन समय आने पर वे कर्तव्य-निष्ठुर हो जाते थे। कभी-कभी तो कठोरता के साथ किये गए इंकार में

ही अपार करुणा होती है। एक बार महात्मा गांधी किसी कार्यवश इलाहाबाद गए और वहाँ वे आनंद भवन में ठहरे। सुबह-सुबह गांधी जी हाथ मुँह धो रहे थे, उनके पास पंडित नेहरु भी थे, गांधी जी उनसे बात करते हुए अपना काम भी कर रहे थे। इस बीच गांधी जी के लोटे में पानी खत्म हो गया। वे नेहरु जी की ओर देखकर बोले, "अजीब बात है! बात ही बात में पानी खत्म हो गया और कुल्ला करना शेष है।"

नेहरु जी ने कहा, "बापू इसमें अजीब क्या है? आपको जितना पानी चाहिए उतना और आ जाएगा, यहाँ गंगा-यमुना दोनों है, प्रयाग राज में पानी की कमी कैसी?"

बापू ने नेहरु जी तरफ देखा और कहा, "जवाहर तुम ठीक कहते हो कि यह प्रयाग राज गंगा-यमुना का नगर है, किन्तु इसके पानी पर केवल मेरा ही अधिकार नहीं है, करोड़ों देशवासियों का भी इस पर अधिकार है, मैं पानी फिजूल खर्च करूँ, यह न्याय संगत नहीं है, अनुचित है।"

1929 में गांधी जी ने ब्रिटिश सरकार से कहा कि यदि एक वर्ष में भारत को कॉमनवेल्थ देश का दर्ज़ा न दिया गया तो राष्ट्रव्यापी आंदोलन होगा। ब्रिटिश सरकार द्वारा लगाए जा रहे कर (टैक्स) स्वीकार नहीं किए जाएंगे, पर ब्रिटिश सरकार तो जैसे बहरी थी। उसकी नीतियों में कोई परिवर्तन न हुआ।

ब्रिटिश सरकार के इस दमनचक्र के कारण लोग अहिंसक न रह सके और कई स्थानों पर हिंसा भड़क उठी। हिंसा का इस तरह भड़क उठना गांधी जी को अच्छा नहीं लगा। उन्होंने स्वीकार किया कि अहिंसा के अनुशासन में बाँधे बिना लोगों को असहयोग आंदोलन के

लिए प्रेरित कर उन्होंने 'हिमालय जैसी भूल' की है और यह सोचकर उन्होंने असहयोग आंदोलन वापस ले लिया। अहिंसक असहयोग आंदोलन के फलस्वरूप जिस स्वराज्य को गांधी जी ने एक वर्ष के अंदर लाने का वादा किया था, वह नहीं आ सका। फिर भी लोग आंदोलन की विफलता की ओर ध्यान नहीं देना चाहते थे, क्योंकि असलियत में देखा जाए तो इस अहिंसक असहयोग आंदोलन को जबरदस्त सफलता हासिल हुई। उसने भारतीयों के मन से ब्रिटिश तोपों, संगीनों और जेलों का खौफ निकालकर उन्हें निडर बना दिया, जिससे भारत में ब्रिटिश साम्राज्य की नींव हिल गई। भारत में ब्रिटिश शासन के दिन अब इने-गिने रह गये।

असहयोग आन्दोलन

एक अंग्रेज ने महात्मा गांधी को पत्र लिखा। उसमें गालियों के अतिरिक्त कुछ था नहीं। गांधीजी ने पत्र पढ़ा और उसे रद्दी की टोकरी में डाल दिया। उसमें जो आलपिन लगा हुआ था, उसे निकालकर सुरक्षित रख लिया। वह अंग्रेज़ गांधीजी से प्रत्यक्ष मिलने के लिए आया। आते ही उसने पूछा, "महात्मा जी! आपने मेरा पत्र पढ़ा या नहीं?"

महात्मा जी बोले, "बड़े ध्यान से पढ़ा है।"

उसने फिर पूछा, "क्या सार निकाला आपने?"

महात्मा जी ने कहा, "एक आलपिन निकाला है। बस, उस पत्र में इतना ही सार था। जो सार था, उसे ले लिया। जो असार था, उसे फेंक दिया।"

1920 के पतझड़ तक गांधी राजनीतिक मंच पर छा गए थे और

भारत या शायद किसी भी देश में, किसी राजनीतिज्ञ का इतना प्रभाव कभी भी नहीं रहा था। उन्होंने 35 वर्ष पुरानी भारतीय राष्ट्रीय कांग्रेस को भारतीय राष्ट्रवाद के प्रभावशाली राजनीतिक हथियार में बदल दिया। गांधी का संदेश बहुत सरल था। अंग्रेजों की बंदूकों ने

नहीं, बल्कि भारतवासियों की अपनी कमियों ने भारत को गुलाम बनाया हुआ है। ब्रिटिश सरकार के साथ उनके अहिंसक असहयोग में न सिर्फ वस्तुओं, बल्कि भारत में अंग्रेजों द्वारा संचालित या उनकी मदद से चल रहे संस्थानों जैसे विधायिका, न्यायालय, कार्यालय या स्कूल का बहिष्कार भी शामिल था। इस कार्यक्रम ने देश में जोश फूँक दिया, विदेशी शासन के भय का फंदा काट दिया और इसके फलस्वरूप कानून तोड़कर खुशी-खुशी जेल जाने को तैयार हजारों सत्याग्रहियों को गिरफ्तार कर लिया गया।

फरवरी 1922 में यह आन्दोलन जोर पकड़ता प्रतीत हुआ, लेकिन पूर्वी भारत के दूरदराज के एक गाँव चौरी-चौरा में हिंसा भड़कने से चिन्तित गांधी ने असहयोग आन्दोलन वापस ले लिया। 10 मार्च 1922 को गांधी को गिरफ्तार कर लिया गया और उन्हें छः वर्षों के कारावास की सजा हुई। अपेंडिसाइटिस के ऑपरेशन के बाद फरवरी 1924 में उन्हें रिहा कर दिया गया। उनकी अनुपस्थिति में राजनीतिक परिदृश्य बदल चुका था। कांग्रेस पार्टी दो भागों में विभक्त हो चुकी थी। एक चित्तरंजन दास और मोतीलाल नेहरु के नेतृत्व में था, जो विधायिकाओं में पार्टी के प्रवेश के समर्थक थे और दूसरा सी. राजगोपालाचारी और वल्लभभाई झवेरभाई पटेल का था, जो इसके विरोधी थे। सबसे दुर्भाग्यपूर्ण बात यह हुई कि 1920-22 के दौरान असहयोग आन्दोलन में हिन्दुओं और मुसलमानों के बीच मौजूद एकता खत्म हो चुकी थीं। गांधी ने दोनों समुदायों का समझा-बुझाकर उन्हें शंकाओं तथा कट्टरवाद के घेरे से बाहर निकालने का प्रयास किया। अंततः एक गम्भीर साम्प्रदायिक हिंसा के बाद 1924 के पतझड़ में उन्होंने तीन सप्ताह का उपवास किया, ताकि लोगों को अहिंसा के

मार्ग पर चलने को प्रेरित किया जा सके।

ग्रामोत्थान और गोलमेज

महात्मा गांधी गाँवों को भारत की आत्मा मानते थे, लेकिन उन दिनों गाँवों में रहने वाले लोगों की हालत अच्छी नहीं थी। गांधी जी ग्रामवासियों के उत्थान को लेकर बहुत चिंतित रहते थे। सन् 1925 में जब अधिकांश कांग्रेसजनों ने 1919 के भारतीय शासन विधान द्वारा स्थापित कौंसिल में प्रवेश करने की इच्छा प्रकट की, तो गांधी जी ने कुछ समय के लिए सक्रिय राजनीति से संन्यास ले लिया और उन्होंने अपने आगामी तीन वर्ष ग्रामोत्थान कार्यों में व्यतीत किए। उन्होंने गाँवों की भयंकर निर्धनता को दूर करने के लिए चरखे पर सूत कातने का प्रचार किया और हिन्दुओं में व्याप्त छुआछूत को मिटाने की कोशिश की। इस कार्यक्रम के जरिये वे

अन्य भारतीय नेताओं के मुकाबले, गाँवों में निवास करने वाली देश की 90 प्रतिशत जनता के बहुत अधिक निकट आ गये।

उन्होंने सारे देश में गाँव-गाँव की यात्रा की, गाँव वालों की पोशाक अपना ली और उनकी भाषा में उनसे बातचीत की। इस प्रकार उन्होंने गाँवों में रहने वाली करोड़ों की आबादी में राजनीतिक जागृति पैदा कर दी और स्वराज्य की माँग को मध्यमवर्गीय आंदोलन के स्तर से उठाकर देशव्यापी अदम्य जन-आंदोलन का रूप दे दिया। उन दिनों ग्रामों में छुआछूत और भेदभाव अपने चरम पर था, गांधी ने इन सामाजिक कुरीतियों को जड़ से उखाड़ फेंकने के लिए भरसक प्रयास किया और वे अपने मिशन में काफी हद तक सफल भी हुए। गांधी जी देश भर में भ्रमण कर चरखा संघ के लिए धन इकट्ठा कर रहे थे। अपने दौरे के दौरान वे ओडिशा में किसी सभा को संबोधित करने पहुँचे। उनके भाषण के बाद एक बूढ़ी गरीब महिला खड़ी हुई, उसके बाल सफेद हो चुके थे, कपड़े फटे हुए थे और वह कमर से झुक कर चल रही थी, किसी तरह वह भीड़ से होते हुए गांधी जी के पास तक पहुँची।

"मुझे गांधी जी को देखना है।" उसने आग्रह किया और उन तक पहुँच कर उनके पैर छुए। फिर उसने अपने साड़ी के पल्लू में बंधा एक ताम्बे का सिक्का निकाला और गांधी जी के चरणों में रख दिया। गांधी जी ने सावधानी से सिक्का उठाया और अपने पास रख लिया। उस समय चरखा संघ का कोष जमनालाल बजाज संभाल रहे थे। उन्होंने गांधी जी से वो सिक्का माँगा, लेकिन गांधी जी ने उसे देने से मना कर दिया।

"मैं चरखा संघ के लिए हजारों रुपये के चेक संभालता हूँ",

जमनालाल जी ने हँसते हुए कहा, "फिर भी आप मुझ पर इस सिक्के को लेकर यकीन नहीं कर रहे हैं।"

"यह ताम्बे का सिक्का उन हजारों से कहीं कीमती है।" गांधी जी बोले।

"यदि किसी के पास लाखों हैं और वो हजार-दो हजार दे देता है तो उसे कोई फर्क नहीं पड़ता। लेकिन ये सिक्का शायद उस औरत की कुल जमा-पूँजी थी। उसने अपना संसार धन दान दे दिया। कितनी उदारता दिखाई उसने... कितना बड़ा बलिदान दिया उसने!!! इसीलिए इस ताम्बे के सिक्के का मूल्य मेरे लिए एक करोड़ से भी अधिक है।"

नमक सत्याग्रह या दांडी मार्च

अब गांधी जी ने प्रण कर लिया कि अंग्रेज़ों की गुलामी से भारत को आजाद कराना है, यदि वे ऐसा करने में सफल न हुए तो वे 'साबरमती आश्रम' वापस नहीं जाएंगे। 1930 में इसलिए वे वर्धा के सेवा गांव में रहने लगे। यह गांव पूरी तरह विरान था। शहर से कोसों दूर यहाँ न बिजली की व्यवस्था थी और न पानी की। बहुत से नेता यहाँ उनसे सलाह करने पहुँच जाते थे। इधर अंग्रेज़ सरकार नित नए कर लगा रही थी। ग़रीबों का शोषण हो रहा था। इसमें एक था नमक कर। यह एक ऐसी चीज़ है, जिसे अमीर-गरीब सभी दोनों समय के खाने में प्रयोग करते हैं। ब्रिटिश सरकार ने इसे अपने कब्ज़े में ले रखा था और इसका प्रयोग करना गैर कानूनी था। पर इसे बेचे जाने पर सरकार को अधिक मुनाफ़ा मिलता था।

गांधी जी ने इसका विरोध करना शुरू किया। कुछ समर्थक

जुटाए। सभी ने नमक के लिए विरोध करना प्रारंभ किया और 12 मार्च, 1930 को यह यात्रा चली। इस समय मात्र 78 समर्थक थे। 200 किमी दूर साबरमती से समुद्र था। जैसे-जैसे लोग आगे बढ़ते, समर्थकों की संख्या बढ़ती ही जाती थी। हज़ारों लोग हो गए। चिलचिलाती धूप में भी किसी का उत्साह कम न होता था। लगभग 12 मील की यात्रा प्रतिदिन तय की जाती थी। लोग प्रार्थना करते चलते जाते। लगभग एक माह में यह यात्रा समुद्र के तट पर पहुँची। दंडी शहर पहुँच कर लोगों ने ईश्वर का धन्यवाद किया और सारी रात प्रार्थना करते रहे। गांधी ने किनारे से नमक का एक टुकड़ा उठाकर पहल की। समाज के निर्धन वर्ग को प्रभावित करने वाले नमक-कर के खिलाफ उन्होंने मार्च 1930 में सत्याग्रह शुरू किया था। ब्रिटिश राज्य के खिलाफ गांधी के अहिंसक युद्ध में यह सबसे विशाल और सफल आंदोलन था और इसके फलस्वरूप 60 हजार से अधिक लोग गिरफ्तार किए गए। एक साल बाद भारत के ब्रिटिश वाइसराय लॉर्ड इरविन के साथ बातचीत के बाद गांधी ने एक समझौता स्वीकार कर लिया।

आजादी और बापू का बलिदान

सितंबर 1932 में बंदी अवस्था में ही गांधी ने ब्रिटिश सरकार के द्वारा नए संविधान में अछूतों को अलग मतदाता सूची में शामिल करके उन्हें अलग करने के निर्णय के खिलाफ अनशन शुरू कर दिया। गांधी ने अछूतों को हरिजन नाम दिया और अखिल भारतीय हरिजन संघ की स्थापना की। 1934 में गांधी ने न सिर्फ कांग्रेस के नेता के पद से, बल्कि पार्टी की सदस्यता से भी इस्तीफा दे दिया।

1942 के ग्रीष्म में गांधी ने अंग्रेजों से तत्काल भारत छोड़ने की माँग की। अंग्रेजों ने तुरन्त ही प्रतिक्रिया दिखाई और कांग्रेस के समूचे नेतृत्व को गिरफ्तार कर लिया और पार्टी को हमेशा के लिए कुचल देने का प्रयास किया। इसके फलस्वरूप हिंसा भड़क उठी, जिसे सख्ती से दबा दिया गया। भारत और ब्रिटेन के बीच की दूरी पहले से भी कहीं अधिक बढ़ गई। ऐसी स्थिति में गांधी जी कोलकाता पहुँचे और एक मुस्लिम मित्र के यहाँ ठहरे। उनके पहुँचने से दंगा कुछ शांत हुआ, लेकिन कुछ ही दिनों में फिर से आग भड़क उठी। तब गांधी जी ने आमरण अनशन करने का निर्णय लिया और 31 अगस्त 1947 को अनशन पर बैठ गए। इसी दौरान एक दिन एक अधेड़ उम्र का आदमी उनके पास पहुंचा और बोला, "मैं तुम्हारी मृत्यु का पाप अपने सर पर नहीं लेना चाहता, लो रोटी खा लो।"

और फिर अचानक ही वह रोने लगा, "मैं मरूँगा तो नर्क जाऊँगा!!"

"क्यों?", गांधी जी ने विनम्रता से पूछा।

"क्योंकि मैंने एक आठ साल के मुस्लिम लड़के की जान ले ली।"

"तुमने उसे क्यों मारा?" गांधी जी ने पूछा।

"क्योंकि उन्होंने मेरे मासूम बच्चे को जान से मार दिया।" आदमी रोते हुए बोला।

गांधी जी ने कुछ देर सोचा और फिर बोले, "मेरे पास एक उपाय है।"

आदमी आश्चर्य से उनकी तरफ देखने लगा।

"उसी उम्र का एक लड़का खोजो जिसने दंगों में अपने माता-पिता

खो दिए हों और उसे अपने बच्चे की तरह पालो। लेकिन एक चीज सुनिश्चित कर लो कि वह एक मुस्लिम होना चाहिए और उसी तरह बड़ा किया जाना चाहिए।" गांधी जी ने अपनी बात खत्म की।

कड़े संघर्ष के बाद अंततः 15 अगस्त 1947 को भारत आजाद हुआ। लेकिन देश के बंटवारे और साम्पद्रायिक हिंसा ने गांधी जी को तोड़कर रख दिया था।

30 जनवरी 1948 की शाम को जब वह एक प्रार्थना सभा में भाग लेने जा रहे थे, तब एक युवा नाथूराम गोड्से, जो गांधी जी की मुस्लिम तुष्टिकरण नीति से असंतुष्ट था, ने गोली मारकर उनकी हत्या कर दी।

•••

प्रश्नोत्तरी

1. महात्मा गांधी के बचपन का क्या नाम था?

   (अ) मोहनदास (ब) कर्मचंद

   (स) महात्मा (द) नेहरु

2. महात्मा गांधी की माँ का क्या नाम था?

   (अ) मैंजीफेरा पाक (ब) पतंग

   (स) मंजूलता (द) पुतलीबाई

3. गांधी जयंती कब मनाई जाती है?

   (अ) 15 अगस्त (ब) 26 जनवरी

   (स) 2 अक्टूबर (द) 5 मार्च

4. गांधी ने सबसे पहले सत्याग्रह किस देश में किया?

   (अ) दक्षिण अफ्रीका में (ब) ब्रिटेन में

   (स) भारत में (द) अमेरिका में

5. 1904 में गांधी जी किस समाचार पत्र का संपादन करते थे?

   (अ) 'इंडियन ओपीनियन' (ब) अमर उजाला

   (स) इंडियन एक्सप्रेस (द) हरिजन

6. गांधीजी ने अछूतों को क्या नाम दिया था?

(अ) भ्रमर (ब) भाट

(स) हरिजन (द) शर्मा

7. गांधी जी को महात्मा की उपाधि किसने दी थी?

(अ) स्वामी श्रद्धानंद ने (ब) इंदिरा गांधी ने

(स) नेहरु जी ने (द) स्वामी विवेकानंद ने

8. गांधी ने कौन सा आंदोलन चलाया?

(अ) असहयोग आंदोलन (ब) किसान आंदोलन

(स) आर्य समाज (द) मजदूर आंदोलन

9. हमारा देश कब आजाद हुआ?

(अ) 15 अगस्त 1947 (ब) 22 मार्च 1947

(स) 26 जनवरी 1950 (द) 14 अगस्त 1947

10. गांधी जी का बलिदान कब हुआ था?

(अ) 15 अगस्त 1947 (ब) 2 अक्टूबर 1945

(स) 26 जनवरी 1950 (द) 30 जनवरी 1948

उत्तर

1. अ 2. द 3. स 4. अ 5. अ 6. स 7. अ 8. अ 9. अ 10. द